U0039108

文学研究丛书

马华作家文学语言研究

陈家骏　著

目次

序言

　　马华文学的发展，可分初创时期（约1919-1937）、抗日战争时期（约1937-1945）、战后时期（约1945-1965）、新加坡共和时期（1965-）。不同学者的分类，虽略有出入，不过，大致上还是无法脱出这四个范围。最后一个时期，新加坡与马来亚分家，新加坡宣告独立，马华文学从此易名为新华文学。从马华文学的初创时期到新加坡建国前后，不同类型的文学作品频频出现，不同的创作理念也随之提出，可谓百花齐放；而这些都奠定了今日新华文学的发展。另言之，新华文学之所以能有今日之蓬勃势态，不同时期的马华先驱作家，功不可没。不过，评论家在分析这些作家作品时，往往把重心放在作品内容的讨论上，对作品的语言特点，分析较少。有鉴于此，笔者特地挑出建国前后已享盛名的几位作家，仔细爬梳他们的作品，结合"汉语语法学"、"汉语修辞学"以及"汉语风格学"等，分别从词汇、语法以及修辞等方面，一窥其作品语言中所表现出的特征和特色，希冀能以小见大，既可看出不同时期不同作家的语言风格，也可追溯语言的发展变化。

　　本文六篇文章有马华文学初创时期的林独步；从中国南来，并横跨新加坡建国前后的著名作家，李汝琳和姚紫；还有新加坡土生土长的马华重要作家，苗秀与谢克。

　　新加坡研究马华文学的学者方修在《战前和战后的马华文学概况》一文指出，新加坡文学初创时期的作品中，林独步四篇一系列的小说，可堪称为代表。另一位马华作家——苗秀，他在战前已开始写作，战后开始大量创作，其代表作品是《新加坡屋顶下》。姚紫、李汝琳二人，在战后来到新加坡，随即开始辛勤创作，并在新加坡报刊上发表文章。不得不提的是，姚紫的小说，一经出版，盛行一时。相较于上述作家，谢克算是最为年轻的一位，在一九五三至一九五六年间开始创作，是当时的新晋作家。建国后，谢克仍孜孜创作，笔耕不缀。

本书研究的这五位作家，皆于建国前后，享誉一时，是马华文学发展的重要人物。恳切希望这本书的出版，除了向这些前辈致敬，还希望大家对马华作家的文学语言，有更进一步的了解，并填补马华文学研究领域里稍嫌缺失的一环。

还须提及，有一些作家及其作品，因时代的关系，资料不易搜寻。本书有幸得到许多前辈及朋友的热心帮助，方得以完成，这里不忘向他们表达谢意。

《林独步作品语言特色探微》

一

　　苗秀《早期的马华小说》一文指出，马华白话文学的发轫，不是人们常说的一九二〇年，而应是一九一九年。这比起我们原先以为的时间点，足足提前了一年，比起中国的五四运动，也只是晚了几个月。苗秀继道："一九一九年十月在新加坡创刊的新国民日报，它的副刊《新国民日报杂志》上便出现白话文的作品。"[1]苗秀文中的"白话作品"，指的是"取自上海方面的报章杂志的剪稿"。[2]黄孟文、徐迺翔主编的《新加坡华文文学史初稿》，对这类"剪稿"做了进一步的解释："早期的新加坡华文报纸副刊上，本地作家的作品甚少，大都是转载中国作家的作品或文章，这就是所谓的'剪稿'"[3]。黄、徐二人还不忘补充，谓这类"剪稿"是当时早期华文报纸文艺副刊上的一种特有现象。除了这些，苗秀还补充，指当时的《新国民日报杂志》上还出现了一些新马作家"仿作"的稿件[4]。无论如何，新马的白话小说，随之开始萌芽与发展。而马华白话文学的发展，又与南来文

1　参苗秀《早期的马华小说》，见新加坡文艺协会编《苗秀研究论集》（新加坡：新加坡文艺协会，1991年），页53-54。

2　参苗秀《酝酿时期的小说创作》，见苗秀《马华文学史话》（新加坡：青年书局，2005年），页11。

3　见黄孟文、徐迺翔主编的《新加坡华文文学史初稿》（新加坡：新加坡国立大学中文系、八方文化企业公司联合出版，2002年），页XI。

4　见同注（2）。

人有着不可分割的关系。郭惠芬指出，"1919年至1949年的新马华文文学基本上依靠南来作者的大量参与和推动而发展壮盛"[5]。新加坡著名文学评论家赵戎更直言不讳："马华文学运动，完全得力于中国南来的作家们的大力推动，才有今日的成就。"[6]那时期的南来文人，深受五四新文学的影响，也因此，黄万华在《新马百年华文小说史》一书中，认为南来作家在1920年代是"呈现出中国新文学的辐射影响"。[7]简言之，当时南来的作家，是把五四精神，融入文学创作中，带到南洋来。他们的创作与写作手法，在马华文学的初创时期，都起着示范及启迪的作用[8]，不容忽视。

早期南来的作家中，出色的有好一些；其中，又以林独步最为突出。据郭惠芬收集的资料所得，林独步约生于一九〇三年，福建泉州惠安人，早年留学日本。一九一九年任新加坡《新国民日报》编辑。一九二四至一九二七间年，担任《南洋商报》编辑主任。自一九二〇年起，年仅十余岁的林独步，便在《商余杂志》、《新国民杂志》，还有《新国民日报》的"社论"、"时评"等副刊上发表散文、小说、新诗、论文等。此外，他还翻译外国作品，并致力于外国文艺理论的介绍。不过，自一九二七年之后，林独步开始淡出文坛[9]。林独步不但是新马华文文学在建立初期的重要人物，即便是当时，他也是一位传

5　郭惠芬《中国南来作者与新马华文文学》（厦门：厦门大学出版社，1999年），页8。

6　赵戎《论马华作家与作品》（新加坡：青年书局，1967年），页82。

7　黄万华《新马百年华文小说史》（济南：山东文艺出版社，1999年），页15。

8　方修在《战后马华文学史初稿》，提及1947年1月的一次讲座上，就"马华文艺独特性"问题提出两点意见。其中一个便是"希望马华青年向中国来的朋友学习"。这问题的提出，实与马华文学的发展有着密切关系。因为马华文学的开始，领军人便是中国南来的作家。这些南来作家的作品，给后来的文人起了指导的作用。参方修《战后马华文学史初稿》（新加坡：T. K. Goh 出版，1978年），页31。

9　参同注（5），页35-36。

奇人物。郭惠芬形容林独步开始写新诗及小说，是独步一时的[10]。她
继而指出，"在小说创作方面，早期南来作者林独步的白话小说取得
卓越的成就。[11]"方修对比了林独步与其他同期作家的小说写作风格
后，在《马华新文学大系》（1919-1942）一书的导言，对林独步的作
品，作此评论："林独步的这些作品，在文字上显得相当细致，有心
理的描写，性格的刻画，气氛的烘托，技巧十分高明"。[12]郭惠芬亦
指出林独步的小说虽出现在新马白话作品的萌芽时期，"语言却具有
精炼生动，流丽典雅的特点。[13]"可惜的是，关于林氏作品的语言特
点，方修及郭惠芬并没有进一步论述。其实，关于中国五四作家作品
的语言风格探析，相关文章相当多；相较之下，马华先驱作家的作
品，研究的重点，多集中在讨论他们的作品内容，至于有关艺术特色
方面的分析，也多是人物的如何塑造、心理的如何刻画等方面的讨
论，对作品写作语言的相关研究，与前者相比，稍嫌匮乏。

　　林独步的作品，并未收集成册；方修尽其所能，细心爬梳当时的
报刊，于他自己编的《马华新文学大系》收录了林独步三篇小说；而
另一本同是方修编的《马华新文学选集》，则收录林独步的另一篇小
说[14]。本文尝试以林独步现存的这四篇小说[15]，从其词语、语气词及标

10　参同注（5），页35-36。

11　参同注（5），页308。

12　方修《马华新文学大系》（1919-1942）（香港：香港世界出版社，2004年），页2。

13　参同注（5），页236。

14　《笑一笑》、《同窟会》、《两青年》收录于方修的《马华新文学大系》。见方修《马
　　华新文学大系》第一集（新加坡：世界书局，1970-1972）。《珍哥哥想什么》则收录
　　于方修的《马华新文学选集》中。见方修《马华新文学选集》（新加坡：星洲世界
　　书局有限公司，1967年），页8-22。这四篇小说的故事内容，有所关联。小说是把两
　　位主人公：黄维珍和刘振成在中国读完大学时的一些际遇，还有回到新加坡后的一
　　些遭遇和感受，有机地串联起来。郭惠芬指出，在马华文学的萌芽期，能有这样构
　　思奇特的作品出现，"令人惊叹"。有关郭氏的评论，可参郭惠芬《中国南来作者
　　与新马华文文学》（厦门：厦门大学出版社，1999年），页236。

点符号的运用，一探林氏用语特色的同时，也希望借此机会，一窥当时的用语特点[16]。

二

林独步的小说出现在马华文学的萌芽及拓展期[17]。我们重新审视林独步作品的语言特点，是站在白话文相对成熟的今日，会发现其中有许多不同于今日，稍嫌怪异的用法，不足为奇。不过，我们更希望能从林独步的作品语言中，看出新马白话文的语言发展及变化，甚至是承继的关系。

首先，白话文的发轫时期，是文言文到白话文的过渡；也因此，白话文存有许多文言的痕迹；而这也早已是不争之实。单音词的使用，正是文言过渡到现代白话文的一大特点。刁晏斌在《初期现代汉语语法研究》一书的前言，即一语道破："在书面语中，'五四'前后，是文言与书面语的最后交替时期，文言终于寿终正寝，而白话最终成

---

15 郭惠芬爬梳了林独步的作品，指出林独步活跃的时间应为：1920-1927年之间，并总结了林独步的文艺创作，总计：8首诗歌和4篇小说。见郭惠芬《中国南来作者与新马华文文学》（厦门：厦门大学出版社，1999年），页80。

16 郑远汉说"语言作为一套符号系统，随着社会的发展不断发展变化，发展系统的发展过程也是语言规范不断发展和'自我调整'"。或许，我们可以这么说，林独步语言运用，与今天的有所不同，正是语言"自我调整"过程中的一个过渡。要了解今天新加坡的话语，实有必要了解当时的用语特点。有鉴于此，我们不妨借助对林独步小说语言运用的剖析，发掘其中的不同之处，借以窥探语言的发展特点。（郑远汉《规范、风格、变异》，见郑远汉《修辞风格研究》（北京：商务印书馆，2004年），页309。

17 见黄孟文、徐迺翔主编的《新加坡华文文学史初稿》，把1919-1925年的马华文学定为马华文学萌芽期；1926-2937年的马华文学为拓展期。有关内容，可参见黄孟文、徐迺翔主编的《新加坡华文文学史初稿》（新加坡：新加坡国立大学中文系、八方文化企业公司联合出版，2002年），页xviii。

为正式的书面语言。……二者之间的交替过程及其衔接是非常复杂的，其最主要的表现，就是文言对白话的影响、干扰和渗透……"参照刁晏斌所言，再探析林独步作品中的单音节词语的用法，不难看到，林氏作品，单音节词语的使用，除了受到文言的影响，还有其特别之处，或是词语的变异用法，或是方言词的借用，都值得作一番探究[18]。

　　林独步在小说中使用的单音节词语，有许多可见于古代的文言文或是诗歌。请看：

　　　　"栖"
　　例一　　四面的青葱树木，栖着不知名的小鸟。

（《笑一笑》，页6）

　　　　"行"
　　例二　　两个一面谈论，一面行，又向园子进去。

（《两青年》，页19）

　　　　"夺"
　　例三　　她愤然说，要夺那孩子的小刀，……

（《笑一笑》，页8）

　　　　"食"
　　例四　　"建猷兄，叫你食，怎么不食？食哟，食哟！"

（《同窗会》，页31）

---

18 参刁晏斌《初期现代汉语语法研究》（修订本）（沈阳：辽海出版社，2007年），页4。

"植"

例五　　在运动场的墙下，植了第十五回毕业生的纪念树，就
　　　　回宿舍了。

（《珍哥哥想什么》，页8）

"凭"

例六　　他就凭在窗口，眺望桥上往来的人，……

（《珍哥哥想什么》，页10）

"择"

例七　　建猷以为后来秀端大了，自然会由她自己的自由意
　　　　志，择出意中人。

（《同窗会》，页30）

上举七例中的"栖"、"行"、"夺"、"食"、"植"、
"凭"、"择"，都是文言文"单音节词语"的常见用法。这里值得
一提的是，例二的"行"及例四的"食"，固然是沿用文言的用法；
不过，粤方言也常以"行"代"走"、以"食"代"吃"，所以这用
法，也很有可能是受到方言的影响。林独步在作品中，就常掺杂一些
方言词语。至于例五的"植"、例六的"凭"和例七的"择"，在古
文中，常可见及。例如：〈孔雀东南飞〉："东西植松柏，左右种梧
桐。"而岳飞的〈满江红〉则有："怒发冲冠，凭阑处"；还有，我
们常说的"良禽择木而栖"，都能说明这些词语的用法，其来有自。

林独步小说作品中有一类词语，今日多是以双音节词语的形式出
现，但林独步却偏喜以单音节的方式使用。请看：

"恕"

例八　　"……我望你恕我的盲目行为……"

（《同窗会》，页35）

"迫"

例九　　天赐见她不敢答应，又迫着说："……"

（《两青年》，页16）

"眠"

例十　　眠中害怕大叫起来，撞在他母亲怀里，把他母亲吓的
满身冷汗。

（《珍哥哥想什么》，页13）

"僻"

例十一　　有时他比 D 先回家，就在 D 归途的僻处等她，巴不得
D 一时就来。

（《珍哥哥想什么》，页16）

"声"

例十二　　建猷很真诚的，瞧着如玉的眼，用比刚才较轻的声，
珍重的说："……"

（《同窗会》，页25）

例八的"恕我……"，还有例九的"迫着说"等用法，今日读
来，不免显得怪异。例八的"恕"，在今天，我们或许会说成"宽
恕"，若嫌这样的用法较为书面语，我们也可说"原谅"。至于例

九，我们今日常说"逼着"，或是"逼迫着"，而不说"迫着"。例
十的"眠"中，今日或许较为常见的说法是"睡眠"，而不是"眠"
字的单独使用。例十一的"僻"，今日或许会说成"僻静"；而这样
的用法，应会较"僻处"来得普遍。例十二"声"的单独使用，今日
应很少见了，我们今日多会说"声音"。无论如何，这些都可视为是
白话文在开展初期，受到文言文影响而出现的特别用法，应加以注意。

此外，林独步的小说作品，还有一类词语，其"变异"色彩，明
显十分。兹举例子若干，加以证明：

"怒"

例十三　　那女郎不独不怒，倒是嫣然一笑："不，不……你以
后不要这样就好了，我不怒你。"

(《笑一笑》，页9)

"怒"今日多作为形容词，林独步在这里却是把"怒"当作动词
使用，且又能够带宾语。"怒"一词，在古文里也多用作形容词，例
如〈共工怒触不周山〉中的："怒而触不周之山，天柱折，地维绝。"
即便是标题里的怒触，甚或是正文中的"怒而触"，都是形容词。林
独步的"不怒你"，即便今日读来，也让人感到甚是新奇。今日新马
华人常把作为形容词使用的"生气"，当作动词使用的，如说"我不
生气你"。这样的用法，与英语的表达，十分相似[19]。而林独步这样
的用法，也很有可能是受到英语的影响。

19　参周清海《华语教学语法》(新加坡：玲子出版社，2003年)，页34-35。

"残"

例十四　那夕阳已经降下热度，只残着微弱的光线。

(《笑一笑》，页6)

"残"本是形容词，这里当作动词使用，也相当特别。

有时，林氏单音节词语的使用，还带有明显的方言痕迹。且看以下例子：

"欠"

例十五　我自己还欠人教，那配……。

(《笑一笑》，页11)

像这样的用法——"欠人教"这一短语，在方言里，常可见及。"欠"在这里有"还需要"，或是"少了"等意思。林独步在另一篇小说《同窗会》也出现了同样的用法，请看：

例十五之一　"……我还欠你教呢……"

(《同窗会》，页35)

这里的"欠你教"，应是"需要你来教导"或是"要你来指导"的意思。

且看以下其他例子：

"势"

例十六　……那两个小孩见不是势，伸着舌头，都走了。

(《笑一笑》，页9)

若换成中文，我们今天一般会说，"那两个小孩见势头不对"，或是说"那两个小孩见形势不对"。"势"这词语的单独使用，疑是受到闽方言"好势"的影响。在新加坡，我们常会听人们用闽南话这么说，"他看'势'不对，掉头就跑"，或是问候别人："你好'势'吗？"。"看'势'不对的'势'"指的是"势头"；"你好'势'的'势'"指的是"好不好"或"过得怎么样"的意思。《厦门方言词典》收录了"好势"这一词语，并解释为是"合适"的意思。其实，"势"在闽方言里，也可指"方法"，如有人说他抬椅子的"势"不对，指的是抬椅子的方法不对，便有这样的意思。

总的来说，林氏单音节词语的一些用法，有其特点，无法全说成是受文言的影响。

三

林独步的作品中的好些词语，虽然今日仍在使用，不过，若加以对比，无论是词义或是用法，皆有所不同。大体来说，林氏这类特别的用法，可分两类：一类是词义的变异；另一类则是用法上的变异。

（一）词义的变异

且看以下的例子：

"发达"

例一　　"你安心……他并不是粗心，残忍，不过年幼，只是未发达"。

（《笑一笑》，页10）

"主意"

例二　"现在我的事，都托我的振成兄主意了，他的话就是我的话。"

（《两青年》，页16）

"抱负"

例三　……不知不觉把她所抱负的秘密说出来，……

（《同窗会》，页29）

"精细"

例四　……把建猷的脸上精细一看……

（《同窗会》，页42）

"紧急"

例五　……越说越不美，所以紧急说：……

（《同窗会》，页29）

"联想"

例六　他今日在电车中，偶然联想着四年前的意中人，一时心中血潮紧涨起来，……

（《珍哥哥想什么》，页20-21）

"脾气"

例七　他的脾气，是不喜欢带着雨伞。

（《珍哥哥想什么》，页17）

　　　　　　"职务"

例八　　……女子是有劝告丈夫的职务……

（《两青年》，页16）

　　　　　　"知识"

例九　　……他们两个虽然知识低一点，时常不和，……

（《两青年》，页17）

　　　　　　"抛弃"

例十　　……我前日已把我的原稿抛弃了，……

（《两青年》，页18）

　　　　　　"联络"

例十一　……好多不成语，不联络的句子，……

（《同窗会》，页29）

　　上引十一例中的"发达"、"主意"、"抱负"、"精细"、"紧急"、"联想"、"脾气"、"职务"、"知识"、"抛弃"、"联络"都与今天的词义相去甚远。例一的"发达"，据《全球华语大词典》的解释，可以是"发迹或显达"，或是"事物已充分发展、事业兴盛"。不过，这里指的却是"发育"，或是"成熟"。例二的"主意"，不再是指"想法或念头"，这里指的是"拿主意"，或是"作决定"。例三的"抱负"，今天指的是"志向"；不过，这里指的是"负载"或是"藏着"。例四的"精细"，《全球华语大词典》解释为：精密细致，或是精明心细，前者多是形容制作的手段，后者则是指个性。例四的"精细"，却是作为状语，指"仔细地、细心地

端详"。例五中的"紧急",据《全球华语大词典》的解释,是:
"需要立即行动,不容拖缓的"。《词典》所举的短语搭配有:"紧
急会议"、"紧急行动"。而例五"紧急说"中的"紧急",指的是
"紧张"或"慌张",词义已有所转移。例六的"联想",《全球华
语大词典》的解释是:"由于某人或某事物而想其别的人或事物。"
这里的"联想",却只是"想起"的意思。例七的"脾气",今日指
的是一个人的性情,但这里指的却是习惯。例七是说他没有带雨伞的
习惯。例八的"职务",今日多指公务,或是工作上的范畴。例八在
今日或许会用"义务"或"职责"代"职务",或可去掉"职务",
直接说:"……女子要(应)劝告丈夫"。例九的"知识"也与今日
的用法及意思有所不同,这里的"知识",指的是学识或是学养,词
义有了明显的扩大。例十的"抛弃",虽与今天的词义相似,指"丢
弃",但词语多与人或理想搭配。这里的词义有了明显的缩小。例十
一的"联络",不是互通信息,而是指文句不通顺,上下文无法衔
接。

　　另一类词语则是用法上的变异,请看以下的例子及分析:

(二)变异的用法

　　林独步小说中词语的变异用法,较常见的有以下几类:

1　不及物动词变成及物动词

　　　　　"许可"
　　例十二　后来经了建猷和如玉的恳求,才许可他的。

(《同窗会》,页38)

"剖白"

例十三　因此有时也曾想把情愫，剖白于意中人，……

（《珍哥哥想什么》，页16）

例十二的"许可"，今日既可当作名词，也可当作动词。当作为动词使用时，却是以不及物动词的方式出现，例如说：对于孩子的无理要求，他不许可。上举例句中的"许可"，却是当作及物动词使用，并带上指称代词作为宾语。例十三的"剖白"，今日的用法多是不及物动词，而这里却是及物动词。

2　动词变成形容词：

"反悔"

例十四　……若要说她有缺点，太温柔，就是她的缺点，她的父母也很反悔……

（《两青年》，页16）

"眨"

例十五　D回转头来，红了脸，两目眨眨看他，踌踌躇躇，……

（《珍哥哥想什么》，页18）

例十四的"反悔"，今日多是当作动词使用，但这里却是当作形容词，意义上等同于"后悔"。当然，词义上也有了转变，这里的"反悔"应是指"懊恼"。例十五的"眨"，今日也是作为动词使用；这里的"眨"却摇身一变，变成了形容词。

3　名词变成形容词

"经验"

例十六　振成今日见了月霞，感觉了一种不安的，未曾经验的
心境。

（《同窻会》，页21）

例十六的"经验"，今天多当作名词使用，可加定语组成偏正结构，例如说："新的经验"，或说"一种经验"。这里却是当作动词使用。若按照今天的用法，我们应会用"体验"取代例句中的"经验"。

4　名词变动词

在林独步的作品中，名词用作动词的方式，似乎较为常见。兹举例子若干，加以说明：

"待遇"

例十七　有时还会用心理学的操纵法，来待遇他的老婆呢！

（《两青年》，页17）

《全球华语大词典》给"待遇"解释是：酬报或享有的权利，并举出例子："政治待遇"、"丰厚的待遇"、"生活待遇"，不管哪一用法，"待遇"都是以名词的方式出现。上举例子的"待遇"指的是"对待"。再看另一例子：

"恋爱"

例十八　他知道他的意中人也很恋爱着他，……

（《珍哥哥想什么》，页16）

例十八的"恋爱"，今日是作为名词使用的，如说"谈恋爱"，这里却是动词。

"男装"

例十九　……很像维珍，若把她男装起来，……

（《同窗会》，页21）

上举例子里的"男装"，本是名词，这里却当作动词使用，指让她穿上男装，假扮成男人。

"写生"

例二十　……就仔细把她写生起来。

（《同窗会》，页29）

今日多作为名词的"写生"，在上述例子里却变成动词，还加上补语。

可以这么说，上举例子中的词语，除了词性转用，在语义上，也或多或少出现了些微的改变。总的来说，上述例子中的词语及用法，可说是词语发展过程的语言现象，应予以重视。

除了词语的变异，方言词的使用，在林独步小说，也是时有所见。且看以下的分析。

四

方言词的使用，似是五四时期文学作品中的另一特点。因词语的不敷使用[20]，方言词的使用，正好起了弥补的作用。这在很多时候是不得已的做法。而过于冷僻的方言词，却又制造了一些不必要的语言问题。邹韶华对这样的现象，做了如此描述：“文学作品中不加选择地运用方言词的情况，时有所见。”不过，他又强调，不鼓励方言词的使用，“并不等于禁绝使用一切方言的词语”。[21]邹氏所言甚是。富有表现力的方言词，确实能令文字表达另生姿采。不过，这“表现力”的彰显与否，很多时候需结合语境才能确定。林独步作品中出现的方言词，若是对不懂当地方言的人而言，确实稍嫌难懂；不过，若从突显新加坡地方色彩的这一层面，予以剖析，却又的确能看到“本土化”的用语特点。且看以下的例子：

　　　“加减”
　　例一　　“如松，不要加减讲没有道理的话！……”
　　　　　　　　　　　　　　　　　　　　（《笑一笑》，页7）

“加减”是闽方言。《厦门方言词典》指“加减”可以“表示行为动作在数量上多少得到一些”。不过，这里的“加减”却带有“乱说”的意思。

再看以下这一词语：

---

20 关于白话文推展初始所遇到的一些问题，可参傅斯年《怎样做白话》，见赵家璧主编《中国新文学大系：2》（香港：香港文学研究社，1963年），页249-251。

21 参邹韶华《文学作品要慎用方言词》，见邹韶华《求真集》（北京：生活·读书·新知三联书店，2004年），页221-222。

"早晚"

例二　　……就嚷道："维珍兄，多早晚回来了？"

（《两青年》，页12）

现代汉语里的"早晚"，指的是"迟早"。例如我们说："这房子早晚是我的"，是说"房子迟早会为'我'"所拥有。不过，例二的"早晚"，却没有这样的意思。"早晚"，应是方言词语，在这里是说"多晚"或是"最迟是几时回来"的意思。"早晚"与另一方言词"来去"，就有异曲同工之妙。"早晚"的词义重点在"晚"，而不在"早"[22]，一如"来去"的重点在"去"，而不在"来"。

"乞食"

例三　　"……你真是要我们做乞食！"

（《两青年》，页13）

乍读之下，我们可能会认为这是古语词；不过，深谙方言的读者一看，自能看出这一词语应是源自方言。翻查《厦门方言词典》，在"乞"的词条里，有"乞食"一词。词典解释的"乞丐"，正是上举例子的意思。若从闽语使用的情况来看，"乞食"其实还可作为动词。而这一用法，在粤语方言中，也可见及。如《广州方言词典》就收录了"乞"，列出的词条，计有：乞食、乞米、乞饭、乞钱等。"乞食"在粤方言里，指乞讨食物。

---

[22] 《厦门方言词典》收录的"早晚"一词，并指是水稻等粮食的早晚季的总称。而作为动词的"早晚"却没收入。为何笔者认为这是方言词，是因为汉语的"早晚"与例句里这一词语的用法不同，其特点又与方言词"来去"相仿。闽南方言说："我们快来去"中的"来去"，说的是赶快去，与"来"无关。"来去"的词义重点在"去"而不是"来"；一如"早晚"的重点在"晚"，是一样的道理。

　　　　　　"好心"

例四　　"好心呢！猷哥，好心呢，不要这样说……"

（《同窗会》，页26）

　　例四的"好心"，应不是我们常说的"好心肠"。老一辈的人常说："好心你不要这么说"或"好心你学学他"里的"好心"，相当于今日说的"拜托"。上举例子的"好心"，便有这样的意思。

　　请再看以下两个例子：

　　　　　　"咤咤叫"

例五　　　那八九岁的美云跳了起来，咤咤叫，……

（《同窗会》，页28）

　　"咤咤叫"便疑是化自粤方言的"扎扎跳"，指"大喊大叫"。

　　　　　　"男界／女界"

例六　　　……纵然男界不用平等来待遇女界我也相信女界必定用力奋斗。

（《笑一笑》，页10）

到过香港的人，应不会对"男界"、"女界"感到陌生。"男界"在香港指的是男厕所，"女界"则是指女厕。例句中的"男界"、"女界"，分别指男性及女性。

　　除了上述的词语，林独步的小说，还出现一些方言的用法。兹举二例证明：

　　　　　　"坐好好"

例七　　建猷向如玉说："你坐好好，我替你描个sketch（写
　　　　　生）。"

（《同窗会》，页28）

　　　　　　"多多"

例八　　"如松，放他去罢，明儿我给你买多多好好的染色明
　　　　　信片，……"

（《笑一笑》，页7）

　　新马一带，因受方言的影响，常会在说话时，掺入方言的表达方式。如"坐好好"、"买多多……明信片"这样的表达，相信新马华人并不陌生。

　　新华文学在发展中期，有人提出新马的文学作品应有"南洋色彩"。"南洋色彩"的提出，指的是作品内容应反映出南洋一代的风土民情。这话说得一点都没错。不过，作品要表现出"南洋"风情及特色，除了内容，语言其实也应是建构"南洋色彩"不可或缺的元素之一。我们批阅刊登于一九一九年之后的南洋小说，不难发现，远在三十年代"南洋色彩"的提出之前，这些马华先驱作家的作品便出现若干方言词语及表达[23]。林独步在作品中多次采用方言词语，是自觉

---

[23] 徐威汉在《汉语词汇学引论》提出方言词语的使用，应加以规范。若从"说话者"与"听话者"的沟通上来说，为免沟通信息出现误解，这话说得一点也没错。不过，若从文学语言的角度来说，一些用得好，能具体表现说话情境的方言词，其实是作家特点的一项征引。许威汉《汉语词汇学引论》（北京：商务印书馆，1992年），页162-163。我们翻阅五四作家的作品，不难发现情况一如傅斯年所言，白话文学的推展初期，词语不足，应是不争之实，所以好些作者都在作品中，谨慎使用一些方言词语。可参刘兴策《也论文学作品中方言土语的运用》，见中国修辞学会

或是不经意的，其实都为后来到南洋色彩的提倡，提供了借鉴[24]。杨松年在谈论曾圣提作品中的"南洋特色"，曾如此道："文学作品中也大量取用南洋流行的方言与其他种族语言的词汇，如曾圣提的小说中，采用不少方言，如'后尾'（后面）、'清心'（心里舒畅）、'风车'（汽车）；英语，如'爱士吉林'（ice cream）等"[25]。我们可以这么说，探讨"南洋色彩"，最后还是要回归到语言的层面。林独步在用语上，在如何突显新马用语色彩的这一方面上，我们还可从其语气词的使用，加以分析。

五　语气词

今日新马用语的一大特色，是语气词的使用。一般来说，现代汉语的语气词不多，其作用多是表示疑问句，虽然有时也是为了制造一定的语气效果。祝晓宏在《新加坡华语语法变异研究》中，对新加坡文学作品中的语气词，做了一番梳理。他说："在新加坡华语口语中，表达情感的语气词非常丰富。"[26]我们不妨从林独步作品中查找

编《修辞学论文集》第5集（开封：河南大学出版社，1990年），页210；或参见戴昭铭《方言土语、语言风格和语言修养》，见戴昭铭著《汉语研究的新思维》（哈尔滨：黑龙江人民出版社，2000年），页371-383。

24　曾圣提的文艺理论——"以血与汗铸造南洋文艺铁塔"，指的是建立具有南洋风情画的作品，而不是一个中国故事的"翻造"。易言之，马华先驱作家提出这样的概念，是希望当时马华作家的作品内容具有鲜明的地域色彩。有关方面的讨论相当多，可参杨松年《以血与汗铸造南洋文艺铁塔的曾圣提》，见杨松年《新马早期作家研究（1921-1930）》（香港：三联书局、新加坡文学屋，1988年）。或是张永修的《'铸造南洋文艺'：一个南洋文艺编辑的经验与尝试》，见《暨南学报（哲学社会科学版）》2015年第12期，页17-21。

25　见杨松年《战前新马文学本地意识的形成与发展》（新加坡：新加坡国立大学中文系、八方文化企业，2001年），页76-77。

26　祝晓宏《新加坡华语语法变异研究》（北京：世界图书有限公司，2016年），页114-116。

这类语气词，加以说明。在林独步的作品中，我们不仅看到现代汉语常见的语气词，如"吗"、"呢"；还有其他带有方言色彩的语气词。且看以下的例子：

"咧"

例一　　怎么是残忍？很有趣味咧，……

（《笑一笑》，页6）

"啦"

例二　　明信片，自然没有价值啦，……

（《笑一笑》，页6）

"哪"

例三　　秀华又抬起头般看着我说："振成兄，请你代我说哪。"

（《两青年》，页16）

"喽"

例四　　她笑笑说："如松捕了一只蝴蝶，说什么解剖喽，……"

（《笑一笑》，页10）

新加坡华语中常出现的"啦"、"咧"、"咩"、"喽"等，是用语者受到各自方言的影响。林独步常选用的是"咧"、"啦"、"哪"、"喽"，原因恐怕也是如此。这里要注意的是，"咧"在读时，音调应拉长，使用时带有强调作用。例二的"啦"，应也有同样功能，以下另举一例，加以补充：

“啦”

例二之一　天赐睁起两眼说：“我不是和你说啦！”……

（《两青年》，页16）

这里的“啦”，不应读成轻声，而应拉高音调，以显示说话人的不表认同。其实，在新加坡的用语中，“啦”这一语气词的使用，相当频繁。陆俭明说这类“啦”，用法相当于“啊”，用来表示确定，并进一步补充，谓中国的普通话里的“啦”没有这样的作用[27]。

例三的“哪”的使用，与潮州话的语气词十分相似。“哪”不一定要出现，出现的时候，应是习惯使然；其实去掉也无损我们对句子的理解。例四的“喽”，也很像潮州话的另一语气词“lor”使用时，也有强调的作用。林独步在人物对话中使用这些语气词，除了是受到自己方言的影响；也极有可能是作者为了让文中人物的言行，更贴近生活才会如此选用。

六　标点符号

标点符号的使用，在五四之前经已出现。但真正推而广之的，应该是五四的时候。五四时期，不同作家在运用标点符号时，虽各有特色[28]，但大体而言，与今日的用法并没明显的不同。不过，不同作家在使用标点符号的时候，会因各自的使用习惯的不同，而出现不同特

27　陆俭明《新加坡华语语法》（北京：商务印书馆，2018年），页409-410。

28　Edward Gunn清楚指出，当时作为时代先导的知识分子，在使用白话文创作的时候，都是在有意识地借鉴西方文化，重新创造中国人的语言——中文。除了句式，标点符号其实也是五四作家重新创造中文的其中一项元素。而这也何尝不是新马先驱作家，利用白话文写作的其中一项目的。参Gunn, Edward, *Rewriting Chinese Style and Innovation in Twentieth-Century Chinese Prose* (Stanford:Stanford University Press, 1991), pp.1-2.

点。从作家如何使用标点符号的这一方面来看，应可视为作家写作上
的特色。

（一）逗号的使用

林独步作品中关于标点符号的运用特点，较为特别的一项，应是
"逗号"的使用。他常是"一逗到底"。句子固可采用句号或是分号
切分，他却舍而不用。关于这一点，冯凭在《句式选择与标点符号》
一文即明确指出，"有些句式，从结构上或停顿上看都不必用标点，
可是由于修辞的要求，就可以采取不同于一般的用法。"[29]简言之，
这里所谓的"不同于一般的用法"，是作家的有意为之。无论如何，
这样的用法，应视为作家作品的风格征引，值得一探。

且看以下的例子：

> 例一　星洲的北部，有一旷地，其附近，有几间西人的屋
> 子，旷地里，时常有佣妇，带着西人的小孩，在青草
> 上游玩。
>
> （《笑一笑》，页6）

林独步喜在小说的开端以这样的方式，将场景"一字排开"，制
造"一气呵成"的气势。逗号的连续使用，句与句之间，没有停歇，
从而制造了一种"镜头不断转移"的特别效果。且看以下另一例子：

> 例二　早晨九点钟，维珍的妹妹，到英文女学校去了，他的
> 弟弟也到国民在学校去了，他的父母也在BU坡还未出

---

29 参冯凭《句式选择与标点符号》，见中国修辞学会编《修辞学论文集》（福州：福建
人民出版社，1983年），页264。

来，家中很寂寞，时时听见佣妇在自来水下洗衣服的声音，他一时要找他的朋友刘振成，就从后门出来。

（《两青年》，页12）

因为只是介绍，林独步并没多费笔墨，仅以"逗号"将场景及事件以极快的速度介绍完毕便了事，紧接着才开展故事。这虽可视作是逗号的使用，不成熟的表现。但对比了林独步其他地方的行文，逗号与句号的交替使用，可见林独步不是不会用句号。这里的一逗到底，应可视为是作者的有意之作。

（二）破折号的使用

除了"逗号"，林独步在其他标点符号的运用上，也甚有特色，如破折号的使用，便是很好的说明。林独步使用破折号的特点，有以下几类。且看：

1　语气的强调

例三　　"不要！——你再画个美人给我。"

（《同窗会》，页28）

紧随"不要"后面的感叹号，再加上"破折号"，制造拔高的声音不断的效果，相当具有震撼性。

例四　　"……好好好，我是很知道你，也很确信你的好品行，再几天你要归家了。未到家——南洋——以前，你有把你数年来，所收获的的国货，选择选择，……"

（《珍哥哥想什么》，页9）

上举例子的"未到家——南洋——以前",借破折号制造停顿,打断说话人的话语,起着特别的效果。这里是维珍即将离开中国回到南洋,他的朋友会这样说话,不免显得刻意,似是故意说这番话来提醒维珍。

2　制造心理转折

例五　　"……他嘴里这样讲,心里没有这样——想。"

(《同窗会》,页31)

本来可以连成一个完整的句子,可作者故意在"想"之前加上破折号,突显说话者的心理变化,强调文中的"他","想"的和"做"的是不一样的。再看以下另一例子:

例六　　月霞点点头说:"是——只是我看如松,将来恐怕不像哥哥这样温雅呢!"

(《笑一笑》,页10)

例七　　他虽然每日注意意中人的上车,跟她上去,但是有时也曾生起一种自欺的——骄傲的——挑拨的好奇心。

(《珍哥哥想什么》,页16)

例六说的是月霞向哥哥诉说弟弟如松的不是,说弟弟将来可能会看不起女性,经哥哥一番解说后,月霞口里虽赞同,但心里还是认为弟弟无论如何也不会像哥哥这样懂得体恤别人。这样的心理变化,林独步正是借破折号加以显示的。

例七说的是维珍在中国留学的事。他在路上偶遇一心仪的女子,一直想着要如何上前搭讪，却又患得患失。"破折号"的使用，正好能表现出这样的心理变化。

3 转换话题

例八　　闲话不说了——建猷有一个姑表妹……

（《同窗会》，页28）

这里的上下文是没有关系的，中间故意安插"破折号"，虽突兀十分，却又能清楚交代说话人已转换话题的这一事实。

同样的手法，在文章中常可见及。以下另举一例，兹以证明：

例九　　……又急着，又生气，又吃了酒，所以委屈你——我替他赔个不是……

（《同窗会》，页24）

上举例子，同样是在本应放上句号的地方，安上破折号，借以转换话题，十分特别，修辞效果顿显。

（三）省略号的使用

在省略号的运用上，也同样可以看到作者的匠心独运。且看以下的例子：

1 表现人物说话的神态

例十　　"虽然，这么……说……然而这样的话，是一个……少年……的……的男子，对看……"

（《同窗会》，页25）

即使是今日，为了突显说话时吞吐的模样，也常在文句中插入"省略号"。说话人或是在思索着如何说话，或是因为畏惧，而说话嗫嚅的种种模样及神情，一一呈现，十分生动。且看以下另一例子：

例十一　"又不做声，猷哥……我很怕呢！我很怕呢……"

（《同窗会》，页25）

例十一正突显说话人在抽泣时，说话断断续续的样子。
以下另举二例补充：

例十二　"……自己也很有利益，很有趣味呢……。"

（《珍哥哥想什么》，页10）

例十三　先生说的话很多，他只是应着"是是……。

（《珍哥哥想什么》，页10）

上举二例是两个人的对话。一般来说，省略号后面不加句号，以表示还有下文，但这里却特意用这样的方式表现说话人在故意拖慢语速，有其用意。例十二是男主人公维珍的老师说了一大串的话后，故意拉长话语，似在审视维珍是否专心听讲。例十三是维珍的回答，一副唯唯诺诺的形象，如立纸上，煞是有趣。

有时，省略号的使用，是为了快速交代事件的发展，因与小说故事的发展无关，无需赘述。这样的手法十分特别，宛如电影为了节省时间，将画面快速转动一样。且看：

2 省略的作用

例十四 "················"
"···············"
两人一往一来，一个攻击，一个防御，胜负未决。

(《两青年》，页14)

上举例子不是笔者故意省略，而是林独步借用省略号，轻巧带过两位主人公的对话，无需多费笔墨。最后一段的描述，则是交代上面省略号的内容，是两人辩论的过程。

有时，省略号的使用，是为了简单交代时间的推移。

例十五 两人闭了门，一同下坡……至下午，振成和维珍到黄家，……

(《两青年》，页18)

其实，"一同下坡……至下午"，可以用文字简单叙述；不过，省略号的使用，却将时间的推移，化成视觉效果，让读者似乎可以感受到时间的流逝。

有时，林独步还借用"省略号"来表示看不懂文章的内容。这样的手法相当特别。请看：

例十六 见她写着："……建猷，建猷哥，猷哥，猷大哥，好，好，女子……喜爱……不变呢你你，来去来去……我我……不不……久久……希望……高尚……聪明的……"好多不成语，不联络的句子，……

(《同窗会》，页29)

例十六会出现这么多省略号，是因为建猷不明白文章的内容，这时的省略号宛如说话时口吃一样，让人听不明白。作者做这样的处理，自然也是为了让人感受到建猷阅读时的心理感受。

Geoffery Nunberg 在分析标点符号的功能时指出，标点符号与文章风格的关系，密不可分，既可表现语体色彩，又可改变句式[30]。林独步作品中有关标点符号的使用，也确实有这些特点，值得注意。

七 小结

有关作品的语言风格，霍凯特（Charles Francis Hockett）曾剀切地指出，作家的语言不是简单的整个语言，而是一种经过加工的，具有书面风格的语言。[31]简言之，作家在作品中选择哪些词语，有其目的。一如高辛勇所言："语言的'修辞性'并非说话人所能完全控制掌握的。同时，'修辞'的形式——尤其是具体的'修辞格'本身——可能带有意识形态的内涵。[32]"高氏所言，一语道破为何作家的作品中，词语的变异用法，或是方言词语的使用，屡有所见。更重要

---

30 Geoffery Nunberg在其书中扼要地分析道："But even if writing is capable of expressing and of the relevant or important features of the spoken language, we are still left with the question of deciding whether there is anything more to the written language than the features it shares with speech. 就其整体文章来看，这实是他研究标点符号的研究动机，也是他为深入研究标点修辞所作的导语。Geoffery Nunberg, The Linguistics of Punctuation (Stanford: Center for the Study of Language and Information Publications, 1990), pp.1-7. 此外，冯凭也提及："有些句式，从结构上或停顿上看都不必用标点，可是由于修辞的要求，就可以采取不同于一般的用法。"有关内容，可见同注（29），页264。

31 霍凯特（Charles Francis Hockett）著，索振羽、叶蜚声译《现代语言学教程》（北京：北京大学出版社，1986年），页595。

32 高辛勇讲演《修辞学语文学阅读》（北京：北京大学出版社，1997年），页3。

的是，在词语的运用上，若与相对成熟的现代汉语加以对比，还可看出马华先驱作家当时所用的语言，与今日的用语，有何差异，让我们看到语言的如何发展。

最后，正如郑远汉所言："离开了个别，无从认识一般，不研究特殊规律，也很难得到全面、正确的结论"[33]。本文正希望在林独步的用语特点上，作一番梳理，让大家从语言的运用上，认识早期马华先驱作家的语言特色。

---

33 郑远汉《规范、风格、变异》，见郑远汉《修辞风格研究》（北京：商务印书馆，2004）。

工具书

（1）《现代汉语方言大词典》编纂委员会编《厦门方言词典》（南
京：江苏教育出版社，1998年）

（2）《现代汉语方言大词典》编纂委员会编《广州方言词典》（南
京：江苏教育出版社，2003年）

（3）李宇明主编《全球华语大词典》（北京：商务印书馆，2017年）

《李汝琳〈漩涡〉语言研究》

一

　　李汝琳[1]先生与新加坡华文教育界有深厚的渊源。一九四七年，他来到新加坡，便到新加坡华侨中学执教鞭；后移砚至新加坡国立教育学院的前身——教师中心，任讲师一职，最后荣升为中文系主任。一九七〇年退休后，李汝琳受邀到南洋大学中文系执教[2]。在中学任职期间，李汝琳也参与筹组中学华文教师会的工作，致力推动新加坡的华文教育事业[3]。其实，李汝林的作家身份，更广为人知。在当时，李汝琳便是极富盛名的马华作家。他从事创作多年，著作甚丰，诗歌、散文、小说皆有所涉足；其中较受瞩目的，是他的小说创作。

1　李汝琳，原名李宏贲，祖籍中国河南省沁阳县人；生于1914年，卒于1991年。有关李汝琳的生平，可参谢征达《"文艺长跑者李汝琳"》，原文载于新加坡联合早报，2018年11月10日。这篇短文以"文艺长跑者"来形容李汝琳，道出了李汝琳一生努力创作的精神，让人敬佩。李汝琳是他较广为人知的笔名，其他笔名计有：李极光、李曼丹、丁宣、崔岚、李挺辉、司徒客、严晖。这是郭惠芬整理的资料。郭惠芬《中国南来作者与新马华文文学》（厦门：厦门大学出版社，1999年），页58。

2　参新加坡文艺协会编《李汝琳研究专集》（新加坡：新加坡文艺协会，2003年），页9。

3　赵戎对李汝琳，做了如此评价："马华作家李汝琳，诗歌出色的有多方面贡献的作家。"（赵戎《论马华作家与作品》）（新加坡：青年书局，1967年），页82。黄孟文《新加坡独立以来的华文短篇小说（1965-1990）》，即如此评论道："（李汝琳）是大家熟悉的作家。他最大的功劳，在于编纂了三套文学丛书。"从李汝琳的生平事功来看，黄孟文的评论，稍嫌有失公允。黄孟文的评论，可参黄孟文《新华文学评论集》（新加坡：云南园雅舍，1996年），页32。

　　新加坡文艺协在二〇〇三年出版的新华作家系列，其中一本就结集了许多对李汝琳这位前辈作家的悼念文章，这应该算是一份对前辈作家的敬礼之作。关于这位前辈作家，许多有关他的文字，正如这本书的内容，虽然书名是《李汝琳研究文集》，但更多是对这位前辈作家的缅怀。或许是因为同时代的关系，认识他的人较多，所以有关他的生平纪事，也写得较详；间中或许夹杂了一些关于他作品的分析，但也多是讲述他作品的创作背景，或是评析其笔下人物。如黄孟文、徐迺翔主编的《新加坡华文文学史初稿》，便如此评论李汝琳的作品："李汝琳以理性的审视成为其小说的基本特色。"接着列举李氏的几部小说加以评介[4]。很多时候，有关李汝琳作品的研究，尤其是其作品的语言特色，虽偶有涉及，却多是只字片语，不免让人感到遗憾。大体来说，对于李氏的生平事功，甚至是为人处事，对于与李汝琳生活相关的轶事[5]，《李汝琳研究文集》这本书确实提供了相当多丰富、精彩的材料。

　　李汝琳还协助成立锡山文艺中心[6]，把喜欢写作的人集中一块。他编的好几部书，对本地文化事业的推动，有一定的助益。陈爱玲评论李汝琳所编过的书时，曾一语道出李汝琳编这些书的目的："当年的新马虽曾出版过一些文艺书，但数量非常少，因而李老认为如能编出一套丛书，不仅鼓励已有成就的作者，也能激励年轻的文艺作者努力写作"[7]。

　　李汝琳的创作多集中在散文和小说。不论前者或是后者，他的著

4　黄孟文、徐迺翔主编《新加坡华文文学史初稿》（新加坡：新加坡国立大学中文系、八方文化企业公司联合出版，2002年），页120-121。

5　见同注（2）。

6　曾采《李汝琳的晚年生活和事迹》，见同注（2），页172-173。

7　陈爱玲《文坛前辈李汝琳》，见同注（2），页164。

作皆是洋洋洒洒几万言的作品，相对于当时其他同类型的文学作品，他的创作，不仅在数量上取胜，即便是作品的内容，也有别于其他同时代的作品，相当特出。许崇铭曾特别提及李汝琳的小说内容及写作背景的最大特点，是作品知识点和知识层面，所涉猎的领域和空间，十分广泛[8]。如本文所选的这本小说《漩涡》，出版于一九六二年，全书约二十几万字，写的是印度华侨办学的过程。李汝琳自己说了：我到了印度，一直住了好几年，对印度华人社会有相当了解，却一直没有看到有人用小说形式反映那个社会的情况，这便引起我写《漩涡》的动机[9]。这本书所涉及的对象、所描写的空间，皆与我们的生活不同，引人细读。

二

李汝琳的小说，重视展示时代风貌。上官末评论李汝琳小说作品时，直言不讳地指出："李汝琳的小说创作路线是随着时代而走的"。李汝琳写小说的立意，显而易见。他希望通过小说，反映时代，揭橥当时社会上的种种利弊，引起人们的注意；也因此，上官末才会接着说："我总感觉到读了李汝琳的这些小说，似乎嗅到了当时的时代气味。"[10]可以这么说，李汝琳的小说，具有很强的写实性。但是，一部好的小说，其语言艺术，不容忽视。柴春华提出小说作品的"意"与"辞"的概念[11]，便能很好地帮助我们厘清这一概念。

8　许崇铭《浅论李汝琳小说的创作特色》，见同注（2），页277。

9　李汝琳《〈漩涡〉后记》，见同注（2），页67。

10　上官末《李汝琳小说的时代意识——读短篇小说集——〈新贵〉的感受》，见李元昆等编《李汝琳的生活和著作》（新加坡：怀庐书屋，1984年），页138。

11　柴春华《词语修辞浅论》，见中国修辞学会编《修辞学论文集》（第三集）（福州：福建人民出版社，1985年），页169。

"意"指的是立意、表意。"辞"指的是小说的语言运用。不过，柴春华的"辞"，主要讨论的是辞格的运用。其实，修辞除了是对辞格的讨论，词语和句子的如何使用，或常规，或变异，其实都应加以探讨。本文便是从词语及句子的运用，探析李汝琳小说——《漩涡》的用语特点。

三　词语的运用

赵戎在分析李汝琳作品时，提到李汝琳的小说语言，"陈旧词汇用的过多，缺少了形象性"[12]。何谓"词汇""陈旧"？赵戎没有细说，反倒是许崇铭为赵氏的话做了诠释。他认为这是因为李汝琳所使用的语言较为典雅[13]。李汝琳的小说，也确实是使用了较多的书面语；不过，更重要的是，李汝琳力求语言的使用，合乎语法，不在语言的使用上，刻意求工。我们可以这么说，李汝琳的词语运用，甚少出现变异的用法。话虽如此，我们还是能从作家的作品中，找出一些较特别的用法，予以剖析。

（一）单音节词语的使用

李汝琳的文字表达，或多或少还是受到文言的影响，以单音节词语代双音节词语的用法，并不乏见。今日单音节词的使用，根据调查，仅占百分之二十六[14]。从汉语词语的运用来看，双音节词语的运用，是必然的现象，也是无法避免的。或许李汝琳自身也明白这一点，所以文中常出现单音节与双音节词语的交替使用。

---

12 赵戎《论李汝琳的创作与功业》，见同注（2），页305。

13 许崇铭《浅论李汝琳小说的创作特色》（2），页283。

14 参刘静宜《华语词汇学》（台北：新学林出版股份有限公司，2016年），页5。

以下列举例子若干，加以说明：

例一　　他长于写杂文，泼辣恣肆……

（《漩涡》，页52）

例二　　车行过去，发出水花四溅的声响。

（《漩涡》，页51）

例三　　惹得两位小姐忍不住笑了，……

（《漩涡》，页52）

例四　　他们在程小湖家里，吃着茶，……

（《漩涡》，页174）

例五　　……好像金鱼喋水一般，……

（《漩涡》，页85）

例六　　所以暂时派他做中华中学的事务主任，好积些经验，……

（《漩涡》，页98）

例七　　……他也只是在厂里熬时间，……

（《漩涡》，页189）

例八　　……美珠现在唐人街的育才学校教书，……

（《漩涡》，页48）

例一不说"擅长",却说"长于";似这样的用法,在古文中,屡屡可见。例二以"行"代"行驶",便十分文言。同样,李汝琳小说中可看到"行驶"一词的使用,但他偶尔还是会舍"行驶",而取"行"或"驶"。另举一例补充。请看:

例二之一　蔡朝中看见他站在街边发愣,便把汽车驶在他的身边,……

（《漩涡》,页101）

"驶在他的身边"这一短语,读来无不让人感到怪异。

例三的"惹得……"和例四的"吃着茶"在古典白话小说便可看到。像"吃着茶"这样的用法,在李汝琳的小说中,十分常见。兹举二例证明:

例四之一　他一面吃着茶,一面跟盛文说话,……

（《漩涡》,页213）

例四之二　（爸爸）坐了一个多钟头,吃着茶,谈着闲话,……

（《漩涡》,页233）

例五的"喋水"一词的用法,今日已经是十分少见了。但是为了语言表达的精准性,"喋"字在这里的使用,是最为适当的。例六的"积"经验,今日多以"累积"代之。总的一句,李汝琳的词语用法,可清楚看到是从古典白话小说及文言文中吸取养分的,而这样的表达方式,既文又雅,这也难怪赵戎会说李汝琳用词"陈旧",而陈崇铭却说李汝琳是用词"典雅"。从以上分析来看，两人的说法，并不相悖。

再来，我们可以看到他的一些用法较为怪异的单音节词语的使用，如例七的"熬＋时间"这一短语的使用，十分特别。今日多用"煎熬"而不用"熬"，"熬"也鲜少与"时间"搭配。李汝琳的这一使用，应有其目的，不但说明了文中的"他"呆在厂里的时间很长，也暗示了在厂里呆着，对他而言，绝非乐事，简直是度日如年。例八的"现"，若换成一般的表达，我们应该会说："美珠现在在唐人街的育才学校教书"；不过，句子同时出现了两个"在"字，视觉上便不太受用，也许正因如此，李汝琳才会用"现"代"现在"。

有时，李汝琳也在人物对话中故意使用单音节词语。这一来，人物的话语，会变得文诌诌。兹举一例说明：

例九　　"钟英，你说刘先生还要私人写信帮助我们邀请柯先生和尚先生，你为什么一字不提？"

（《漩涡》，页54）

这里舍弃较为白话的用法——"什么都不说"，而选用"一字不提"，似这样的表达便文言味十足，说话人语气也自然变得典雅，文人气息，也自然变得浓厚。

李汝琳小说中的一些单音节词语，有可替代的双音节词语，李汝琳常是选择两者同时使用，或互为替换。例如"显"和"显露"。

且看：

例十　　日辉跟美珠都显出紧张的样子，……

（《漩涡》，页126）

例十一　刘春明看一下林吉民，稍稍显出点儿怄忨，……

（《漩涡》，页21）

例十二　……接着就显出不大自然的样子，……

（《漩涡》，页67）

例十三　刘春明脸上显露出不屑的神气，……

（《漩涡》，页17）

例十四　……常会想起那死去了的爱妻吧……内心的情感是不
大显露出来的，……

（《漩涡》，页77）

上引数例，让我们清楚看到，李汝琳时而用单音节词语，时而用
双音节词语，这一来，无论是表述，叙述的语气，人物的形象色彩，
皆有所不同。这样的用法，甚值得注意。

（二）词性的转变

李汝琳在小说中，特地转变一些词语的词性，用法特别，值得一
探。且看：

例十五　这两位老同学越谈越起劲，有时也穿插幽默，……

（《漩涡》，页38）

例十六　她把伏着的脸侧过来。

（《漩涡》，页229）

例十七　张仲秋又多见识了一样东西，……

（《漩涡》，页11）

例十八　……胡丙华不等刘春明说完，便热心的说。

（《漩涡》，页147）

例十五的"幽默"在这里是当作名词使用。不过，今日的"幽默"，更多时候，是当作形容词使用的，如说：他为人幽默。在《漩涡》这部小说中，"幽默"或作形容词，或作名词，两者常交替使用。兹举一例证明：

例十五之一　余金发耸一耸肩，也幽默的笑了。

（《漩涡》，页66）

例十六的"侧"本是形容词，这里却当作动词。

例十七的"见识"今日多做名词使用，这里却是动词。

例十八的"热心"，在今日使用时，我们会说：他十分热心；或说，"热心的人"。这里却用来修饰动词"说"。

林师万菁教授在《论现代汉语中名词、动词与形容词的转类现象》里直言不讳，说凡是不符合我们一般用法的词语，应看做是词语的"活用"现象。而这种现象，其来有自，在古代文学作品中，常可见及[15]。林教授所言极是。今日作家在写作时为了达臻某种目的，有意扭转某些词语的使用方法，是可以理解的。不过，李汝琳采用这些

---

15 林万菁《论现代汉语中名词、动词与形容词的转类现象》，见林万菁著《语法修辞论集》（香港：香港中文大学中国文化研究所、吴多泰中国语文研究中心，1994年），页31-43。

词语的时候，一方面，固然是为了某种写作目的而特意为之；另一方面，也许是受到时代所囿。我们今天是以一个词语的运用及词性相对稳定的角度，重新审视李汝琳的用语特点，自有另一番体会。

（三）自创新词、改变词义

李永燊剀切地说，文学中的词语，是经过艺术加工，有感染力的语言[16]。李汝琳重视语言文字符合用法规则；不过，在某些时候，为了彰显文字的表现力，他也会自创词语，或是改变词义。且看：

> 例十九　……好像不太热合，……
>
> 《漩涡》，页48）

> 例二十　……这不是寂寞，是一种静适的无言的熨帖，……
>
> 《漩涡》，页162）

> 例二十一　……和平大学的一群女生，披着柔薄的纱丽，像画里的仙女一般，……
>
> 《漩涡》，页162）

> 例二十二　傍晚或是晚上，有许多人喜欢在方场里散散步或坐坐，……
>
> 《漩涡》，页30）

上举四例中带点的词语，《全球华语大词典》并没有收录，应是作者为了表达文中的特殊语境所创用的。例十九的"热合"在这里指

---

16 李永燊《文学概论》（上海：华东师范大学出版社，1999年），页96。

"亲热"及"合拍"的意思，说与某人的关系，并不理想，所以见了面，态度冷淡，不能"一拍即合"。例二十的"静适"则是在描写环境，让人感到恬静、舒适，除了指客观环境予人的感受，也指人物内心的世界，一片恬静。例二十一的"柔薄"，应是"柔软"和"布料薄"这两个词语的缩略。例二十二的"方场"，疑是译自英文的"Square"。今日多称作"广场"，但称之为"方场"，也不为过，语义还是清楚的。这些词语的使用，一如李永燊所言，作家之所以会选择这些词语，有其目的。此外，李汝琳偶尔也故意改变词义，或是扩大，或是缩小，或是转移。请看：

> 例二十三　假期过去了，又是一个新学年的开始。早晨清爽的
> 　　　　　微风，吹送那些年轻的学生陆陆续续到中华中学
> 　　　　　去，……
>
> 　　　　　　　　　　　　　　　　　　　（《漩涡》，页68）

"吹送"一词，一般指的是吹拂，这里却另有所指，除了带出"吹拂"的意思，还带有"送"的意思，指把学生"送到"中华中学去，词义是明显的扩大了。以下列出的词语，不是词义有所增减，就是有所转移。且看：

> 例二十四　昼夜几乎都是一样的闷热，简直没有令人喘息的机
> 　　　　　会。
>
> 　　　　　　　　　　　　　　　　　　　（《漩涡》，页75）

> 例二十五　阎玉章一听，顿了一下，强扭着说：……
>
> 　　　　　　　　　　　　　　　　　　　（《漩涡》，页176）

例二十六　　"……我们都担任有功课，……"

（《漩涡》，页178）

例二十七　　……写了二三十本，心里感到非常郁闷，………

（《漩涡》，页75）

例二十八　　美珠是一个不能缺少的伴侣，……

（《漩涡》，页201）

例二十九　　他的表弟也希望他到一个新环境里，冲淡一些哀
　　　　　　伤，也极力怂恿他出头。

（《漩涡》，页2）

例三十　　蔡朝忠看到他这位搭档的神情，就知道他又想起了伤
　　　　　心事，很想搭救他一番，……

（《漩涡》，页103）

例三十一　　……，一到植物园，有些会员都忍不住奔波游荡起
　　　　　　来，……

（《漩涡》，页63）

例三十二　　现在主要是飘飘荡荡，精神上不能安定。

（《漩涡》，页104）

例三十三　　张春明的病刚好，又坐车劳碌了半天。

（《漩涡》，页160）

例二十四的"喘息"，应是词义的转移。"喘息"，《全球华语大词典》解释为"急促的呼吸"，或是引申为"紧张活动中短时间的休息"。这例句中的"喘息"显然不是这两个意思，指的是天气酷热，让人无法消受。

例二十五的"强扭"，也非形体上的强扭，如把人的手臂强扭到身后，这里的"强扭"，指的是"强词夺理"、"生搬硬套"。

例二十六的"担任"，是小说主人公刘春明回答阎玉章等人时说的话。他口里的"担任"，指的是"布置作业"。

例二十七的"郁闷"，结合上下文来看，不是指心情不佳，而是指主人公中暑后的身体不适。

例二十八的"伴侣"，《全球华语大词典》谓，可指"同伴"，但今日更常指夫妻的其中一人。这里的"伴侣"指的是"感情及关系极好的朋友"。可以这么说，今日的"伴侣"，词义明显是缩小了，而且有所侧重。

例二十九的"怂恿"，则是词义的转移，把"怂恿"从贬义词转为中性词。"怂恿"不再指从旁鼓动别人作坏事，在这里指的是"鼓励"。

例三十的"搭救"，在文中指"劝解"，而非挽救生命。"搭救"这一词语的使用，有大词小用的特点。

例三十一的"奔波"和"游荡"这两个词语，《全球华语大辞典》分别为它们做的解释是："奔波"：辛苦地往来奔走。"游荡"：游逛放荡，不务正业。例句中的"奔波"和"放荡"，却只是在说学生离队闲逛，既不辛苦，也不放荡。

例三十二的"飘飘荡荡"，并非指居无定所，这里指的是希望渺茫。

例三十三的"劳碌"，今日多做形容词，常用来形容生计困难，

不得不外出努力赚钱，所以有"劳碌命"的说法。这例子里的"劳
碌"，则是当作动词使用，指辛苦工作。以下另举一例补充：

> 例三十三之一　张仲秋来到卡城，还是过第一个热季，白天劳
> 　　　　　　　　碌了一天……
>
> 　　　　　　　　　　　　　　　　　　　（《漩涡》，页75）

"劳碌"了一天，指的是辛苦工作了一天。这里的"劳碌"，词
义明显是缩小了。

此外，在小说中，有一词语统共出现了两次，即"ABC"这一字
母词。"ABC"今日指的是American born Chinese，但小说中的
"ABC"却是作者自创的骂人话语。且看：

> 例三十四　"这有什么不得了！你们这些ABC，真是天生的奴
> 　　　　　才……"
>
> 　　　　　　　　　　　　　　　　　　　（《漩涡》，页72）

这里不妨一提的是，李汝琳小说中的书面词语，用得十分频仍。
兹举例子若干说明：

> 例三十五　　……三个人就品茗夜话。
>
> 　　　　　　　　　　　　　　　　　　　（《漩涡》，页216）

> 例三十六、刘春明要告辞走了，……
>
> 　　　　　　　　　　　　　　　　　　　（《漩涡》，页233）

例三十七 ……才会有轻微的唏嘘和惊呼。

（《漩涡》，页237）

例三十八 ……可是面容却又像中国工笔画里的美人，……

（《漩涡》，页48）

例三十九 抗日战争爆发了，他只得逃到后方，在另一间大学
借读，……

（《漩涡》，页102）

例四十 张仲秋来到卡城，还是过第一个热季，白天劳碌了一
天……

（《漩涡》，页75）

例三十五不说喝茶，却选用较为文雅的词语"品茗"；不说在夜
晚谈天，这较为白话的表达，却说"夜话"。同样，例三十六不说离
开，却说"告辞"；例三十七不说叹息，却说"唏嘘"。例三十八的
"面容"，也是书面语，古典小说或是五四时期的白话小说，便常看
到，今日多说"样子"或是"样貌"。把李汝琳小说中出现的词语及
今日用语，稍加比对，哪一个词语较为文言，哪一个较为口语，一目
了然，无需赘言。

此外，李汝琳也把一些专有的词语带到作品中，譬如例三十九的
"借读"、例四十的"热季"便是很好的例证。"借读"一词，据
《全球汉语辞典》的说法，这词语流行于中国，本指没有当地正式户
口或没有当地学校学籍的中小学生，却在当地的学校就读，就叫借
读。"热季"亦是另一专有名词，多指三到五月，一年之中较热的季

节，也是一年皆夏的新加坡人较少接触的词语。

（四）词语的超常搭配

五四作家的作品中，词语的超常配搭，常可见及，却又独具意义，不仅开了创意写作的先河，也让人认识到白话文词语配搭的灵活性[17]。同样，李汝琳小说中，词语的超常搭配，也十分特别，值得一提。

在李汝琳小说中，较为常见的，是词语的动宾搭配，因不同于一般，十分突兀。且看：

> 例四十一　下了车，还得搓手搓脸，恢复温暖。
>
> 　　　　　　　　　　　　　　　　（《漩涡》，页169）

> 例四十二　这一席话，好像一副兴奋剂，学生的热情立即被激动起来。
>
> 　　　　　　　　　　　　　　　　（《漩涡》，页70）

> 例四十三、……，起初还有些担心女儿有什么打算。
>
> 　　　　　　　　　　　　　　　　（《漩涡》，页251）

> 例四十四　……郑美珠一直沉默着，仍在想着心思。
>
> 　　　　　　　　　　　　　　　　（《漩涡》，页189）

---

17 关于词语的搭配为问题，历来讨论的不多，五四作家的词语搭配，受到英语的影响应是不小。蔡基刚的文章给我们一个借鉴，让我们认识到英语词语的配搭特点种种，与现代汉语的词语配搭，很多时候，有许多异曲同工之妙，应值得注意。参蔡基刚《英汉写作修辞对比》（上海：复旦大学出版社，2003年），页386-398。

　　上举例四十一的"恢复＋温暖"、例四十二的"激动＋热情"、例四十三的"担心＋……＋打算"、例四十四的"想着＋心思"，都十分特别。一般来说，恢复多与健康，或是操作的机件搭配，"恢复温暖"，虽然突兀，但在词义上，却十分清楚。例四十二的"激动＋热情"，也是如此。今日常说成"激活＋热情"，但是"激动"的字面意思，就带有刺激它，令其"动起来"的意思，所以"热情被激动了"这样的用法，也可能是为了突显形象性，而有意为之。另一例"担心＋……打算"，小说中出现这样的表达，也是合宜的。因为文中女主人的爱情受阻，她父母生怕女儿私奔，因而十分担心女儿会有什么"出人意表"的"打算"。此外，关于"心思"，我们一般会说有什么样或是怎么样的"心思"，而文中的郑美珠不断地想这一份"心思"，应是作者为了强调女主人公心里其实早有打算，此刻正在心中不断揣摩。

　　其次，一些短语偏正结构的用法，也十分特别。例如：

　　　　例四十五　他本来是印尼华侨，也有一位满意的太太，……

　　　　　　　　　　　　　　　　　　　　　　　　　（《漩涡》，页102）

　　　　例四十六　石钟英眼看着他那认真的神气，……

　　　　　　　　　　　　　　　　　　　　　　　　　（《漩涡》，页111）

　　　　例四十七　里面的两个人吃了一惊，接着听到一声沉重的声响，
　　　　　　　　　一群人呼啸着奔下楼梯。

　　　　　　　　　　　　　　　　　　　　　　　　　（《漩涡》，页96）

例四十八　……也可以说是一间最新颖的大学，……

（《漩涡》，页159）

例四十九　和平村是一个安详的世界，……

（《漩涡》，页161）

例五十　他对那流连数日的诗的原野，不禁有些留恋。

（《漩涡》，页168）

例四十五的"满意的太太"用得十分特别，作者不说这位太太令人满意，而说自己有位"满意的太太"，读后让人莞尔。例四十六的"认真的神气"，也用得奇特。我们一般会说"认真的神情"，或是"认真的表情"，若只说"神情"，便特指面目表情，但说"神气"，除了表情，还可指行为、动作，态度，甚至是谈吐。相较之下，"认真的神气"这样的偏正结构，更为传神、有趣。同样，例四十七的"沉重的声响"，在一般情况，当我们会说"巨大的声响"，这里偏说是"沉重"，除了突显物体是沉甸甸的，还形容这一声巨响，极可能在响起之后，还在空间里回荡，自然引起众人的注意。例四十八的"新颖的大学"，也是十分奇怪的偏正短语。一般来说，"新颖"指新鲜而别致，多指构图或是衣服款式较为特别（《全球华语大词典》），这里却用来指大学，除了指这是一所新建的大学，还暗指这所大学的教学制度，实行全面改制，有别于一般正规的大学学府，具有语带双关的特点。例四十九描述的是文中主人公看到和平村的晨景，说这是一个"安详的世界"。这一偏正结构，也是超常的搭配，除了指静谧的清晨，也暗指主人公的心灵世界。例五十的"诗的原野"，便十分富有诗情画意。诗歌的语言，不似小说般，要求把话都说得清楚，有许多留白的空间，让人可以发挥想像。这里说"诗的世界"，便带有迷濛、浪漫的情怀，甚让人玩味。

此外，作品中一些短语中动词与形容词的搭配，也甚值得一提。兹举二例说明：

> 例五十一 ……朱雄飞提起学校里的事，颇有些不满的表示，……
>
> 《（漩涡》，页99)

> 例五十二 她想轰轰烈烈的反抗传统，……
>
> 《（漩涡》，页192)

例五十一，不说表示不满，却说"不满的表示"，语序一变，文字读来便不一样，十分特别，引人注目。例五十二的"轰轰烈烈的反抗传统"，如此搭配，也显得怪异；不过，主人公心中的不满之情，却溢于言表。在那保守的年代，女孩子为了争取自己的幸福婚姻，无论有什么行动，一旦与传统不符，便会招来闲话。也因此，女孩子的"决定及举动"，势必轰动一时，说"轰轰烈烈"，自与当时的实际情况吻合。此外，小说中一些补语的用法，也十分特别。例如：

> 例五十三、离开了魏家，朱雄飞的心情变得空虚起来。
>
> 《（漩涡》，页101)

> 例五十四 郑美珠的心情更加阴暗，……
>
> 《（漩涡》，页192)

例五十三的"心情"，一般来说，只会变好或是变坏，此番变得"空虚"，不免显得突兀。例五十四所描述的"心情"，可以变得"阴暗"，用法虽稍嫌怪异，却把抽象的情感形象化。这里应是指郑美珠的心情开始变得郁闷，或是样子变得心事重重的模样，让人看了忧心。

郑远汉说，"语言规范的目的在于指导言语实践，……不同的言语类型使用语言有不同特点、不同要求"[18]。郑远汉所言极是。李汝琳的小说是一部文学创作，不是语言教材，在言语的使用上，自不必力求规范。但是他努力向规范语言靠拢，偶尔出现变异的语言，许多时候，可视为是为了彰显文字的表现力，而特意为之，值得注意。

四　句子的使用

李汝琳在叙述事件时，力求表达细致、精密。这样的表述方式，在五四作家作品中，十分常见。在《杂谈》一文，茅盾就一语指出：鉴赏文学作品时，至少要有三点为指导原则。（一）文字组织愈精密愈好；（二）描写的方法愈"独创"愈好；（三）人物的个性和背景的空气愈显明愈好。并谓"凡是好的作品，上面的三个条件一定要具备"[19]。为了让文字组织愈精密，文字的内容越丰富，句子往往会变得很长。关于这一点，茅盾便身体力行，他在作品中就频频使用长句。同样，李汝琳虽也常使用长句，特点却有所不同。黄孟文、徐迺翔在《新加坡华文文学史初稿》对其小说的写作，认为是常使用了

---

18 见郑远汉《修辞风格研究》（北京：商务印书馆，2004年），页36。

19 茅盾《杂谈》（见茅盾《茅盾文艺杂论集》上（上海：上海文艺出版社，1981年），页137。）

"白描手法"[20]。在李汝琳小说中的长句，使用起来，正有此特色。

（一）长句的使用

李汝琳为了能把叙述的事件一一道来，喜在名词前加上很长的修饰语句，力求表达具体、精细，而不避句子冗长[21]。其实，我们也可借此看出写作者的思维是十分的缜密，才会在表述方面，有如此要求[22]。例如：

例五十五　同时正迫切的需要的一位助手……

（《漩涡》，页2）

例五十六　怕弄脏了陈长发的印着大红牡丹的床单。

（《漩涡》，页71）

上举二例，我们可清楚看到，李汝琳的修饰语句，结构相当复杂，如上引二例都是用上"偏正＋偏正"这样的定语。这一种用语方式，也是李汝琳常用的。兹举若干例子证明。

---

20 见同注（4），页121。

21 爱薇访问李汝琳时，李汝琳亲口说出他对表达的重视。他认为新马作家的写作技巧，稍嫌不够细致。从他作品的用语特色来看，李汝琳便十分重视语言的表达。他十分看重细节，下笔力求叙述清楚，甚至不厌其烦，从他写出的特长句便可见一斑。参爱薇《文艺长跑者李汝琳》，见李元昆等编《李汝琳的生活和著作》（新加坡：怀庐书屋，1984年），页37。

22 王力先生在《句法的严密化》一文中提出句法的严密化表现了人们逻辑思维的严密化。（见王力《王力文集》第11卷（济南：山东教育出版社，1980年），页476-490。）

例五十七　魏立斌的一群体格强壮的部下刚巧赶到，……

（《漩涡》，页96）

例五十八　瓜子脸上有两道弯弯未经人工描画的眉，……

（《漩涡》，页49）

例五十七和五十八，都有相似的地方。

有时，李汝琳也会在宾语前加插很长的修饰语句。如：

例五十九　他赶回重庆去，趁政府还没有迁回南京，办理出国
　　　　　手续。

（《漩涡》，页2）

原句应是"他赶回重庆去办理手续"，李汝琳故意在中间加插了
"趁政府还没有迁回南京"，这一来，便把时间、状态，逐一交代清
楚。却又因句子实在太长了，他不得已只好用逗号切开。再看一例：

例六十　罗志雄跟着那位矮小的绅士走近那位高大的人物身
　　　　边，……

（《漩涡》，页5）

上举例子便把人物的外型、行为都描述清楚。以下所举例子，除
了突显服饰、衣料、颜色，还夹杂动作的描绘，务必令文字的表达，
变得立体。请看：

例六十一　……，结果失望的轻轻拂去咖啡色毕啦西服上的灰尘，……

（《漩涡》，页4）

这里不妨一提的是，这样的语句，固然能把人、事、物、时，一一道明。不过，这样的写法，有时读来，不免拗口。且看：

例六十二　他们出发前，约定在枝叶掩蔽一千余英尺的大榕树下回合，……

（《漩涡》，页63）

例六十三、他发现左右的墙壁上高高悬挂着的巨幅印度风味的图画，……

（《漩涡》，页29）

例六十四、那边跟邢秋英同路回德坡镇的肖丽华史淑勤看她们在说话，……

（《漩涡》，页188）

例六十二，我们看到作者巨细靡遗地把约见的地点清楚地描述一番，却因内容太多，读起来十分彆扭。

例六十三更是无法一口气读完的，似这样的长句，在李汝琳的小说中，十分常见。

例六十三中的句子，由二十四个字组成，例六十四则有二十五个字，不可谓不长。郑远汉主编的《语言艺术辞典》便对长句的使用，作如此分析：“长句字数多，结构复杂，结构层次多，内容丰富、严密轴向、精确细腻"[23]。郑氏所言极是。李汝琳所使用的长句，正有这些特点。当这些长句组合成段，往往形成气势。兹举一二例为证。请看：

例六十五　飞机的螺旋桨发出隆隆的巨响，一会儿便飞上天空，的确像鱼儿在清澈见底的水里游泳那么自在，坐在飞机里，没有一点儿颠簸，除了听到螺旋桨旋转的声音和呼呼的风声之外，就像坐在客厅里的沙发上一样舒适。

（《漩涡》，页6）

例六十六　中华日报的社论特别强调这是侨民爱国的表现，希望国内当局能重视民意。卡城日报的社论在第三天才发表，先替政府说了许多话，把破坏和平的罪过加在在野党的头上，最后指出这次和平签名运动可能是受人利用，希望青年们知所警惕，这可恼了那伙子年轻人，他们已经听说总支部曾经举行秘密会议，研究签名运动的幕后人物，并设法打听那篇宣言是谁写的，因为会议是秘密的，年轻人虽然满肚子气，却无法发泄，现在日报社论竟公然说他们"受人利用"，怎么能甘休，于是立即举行九团体代表会议，决定举出四位代表去见钟社长，提出交涉，要报社道歉。

（《漩涡》，页80）

23　郑远汉《艺术语言辞典》（武汉：湖北人民出版社，2001年），页162。

上引段落，或是描写，或是娓娓叙述事件的因果，皆一逗到底；而长句的交叠使用，更是形成气势。林万菁对于作家喜在小说使用长句的做法，便有如此感性的描述：长句如长矛、利箭，远攻亦极有效。因为"长句所带的修饰成分及附加成分增多，所以表现出来的内容也比较复杂、深广。[24]"李汝琳在小说中所使用长句，不但内容完整，且十分细致，正印证了林万菁所言。

此外，李汝琳亦喜用并列句。如此做法，或是突显动作，或是突显场景，或是突显心情，各异奇趣。

（二）并列句式的使用

并列句是李汝琳常用的句式，且看以下例句：

例六十七　这一顿午餐，一面吃，一面谈，直吃了一个钟头，……

（《漩涡》，页101）

例六十八　印度教徒警戒着，怕回教徒来袭击，回教徒也同样警戒着，怕印度教徒来袭击，……

（《漩涡》，页127）

例六十九　因为听到了许多新的言论，见到了许多有学问的人，使他的心充满了兴奋和愉快。

（《漩涡》，页74）

例七十　张仲秋一听到"石钟英"的名字，便想到必须改变计

24　见林万菁《论鲁迅修辞：从技巧到规律》（新加坡：万里书局，1986年），页225。

划了，他不再想邀请表弟一同出去午餐，也不打算再
坐了便客客气气的说，……

（《漩涡》，页48）

例七十一　陈长发用半个屁股坐在床沿上，右腿卷曲在桌上，
　　　　　左腿从桌边垂下，抖动着脚尖。

（《漩涡》，页71）

上举四例，例六十七形容的是动作；例六十八描述的是情况；例
六十九则是描写主人公的心理的变化；例七十、例七十一分别描写了
不同的行为。李汝琳似是十分喜欢这样的用语方式，而这样的表达，
在他的小说里，随手拈来，便有以下这些。请看：

例七十二　年轻人在一起，严肃一阵子，也要轻松一阵子，正
　　　　　正经经开了一个多钟头会，好像余兴节目一
　　　　　样，……

（《漩涡》，页55）

例七十三　刘春明还是那一股子仪态潇洒的神气，从从容容谈
　　　　　着话，从从容容盼花木，……

（《漩涡》，页112）

例七十四　（秃鹰）便一起拥上去，鸣叫着，争夺着，……

（《漩涡》，页130）

例七十二的并列句，便十分怪异。例七十三对人物行为举止的描
写，显得刻意十分。像这类的用法，李汝琳也能写出很长的句子，构

成一整段话。例如：

> 例七十五　……长城的电扇，就像是北京的火炉，北京如果没
> 　　　　　有火炉，就难以度过隆冬，长城如果没有电扇，也
> 　　　　　难以度过溽暑。北京的冬天，会使乞丐冻死在道
> 　　　　　旁，长城的炎热，也一样会使人晕倒在马路上。
>
> 　　　　　　　　　　　　　　　　　　　（《漩涡》，页75）

　　上例主要是描写卡城的天气如何酷热。李汝琳通过对比，把长城及北京的天气描述一番，主要是反衬卡城的天气有多炎热。通过这样的层层叙述，此时卡城的燥热天气，便好像能让我们亲身体验一般。以下另举一例说明：

> 例七十六　每个学生的面容是严肃的，心情是兴奋的，……
>
> 　　　　　　　　　　　　　　　　　　　（《漩涡》，页69）

　　这样的描写，有时也带出抒情色彩，富有文艺气息。请看：

> 例七十七　刘春明的一言一笑，一举一动，不断地萦回在她的
> 　　　　　脑子里。
>
> 　　　　　　　　　　　　　　　　　　　（《漩涡》，页117）

> 例七十八　夜间很久睡不着，听着挂钟滴答的声音，听着卿卿
> 　　　　　的虫声，觉得医院里是这样的宁静安适，……
>
> 　　　　　　　　　　　　　　　　　　　（《漩涡》，页144）

例七十九　这种无限温情的抚摸，这种充满爱意的接触，……

（《漩涡》，页142）

例八十　心里甜蜜蜜的，梦里也那么美。

（《漩涡》，页122）

例七十七描写的是女主人公情窦初开，满脑子尽是对方的身影，这样带有抒情味道的叙述方式，十分贴切。例七十八描写万籁俱寂时，只听到钟摆声响和虫鸣，十分应景。例七十九描写的是女主人公探访心仪男生时的一些动作，也是适宜的。例八十写出男欢女爱的心态，更是抒情效果十足。同样，在人物对话中，李汝琳也常使用并列的句式。请看：

例八十一　"回去吧，你的苦恼我知道了，你的喜欢我也知道了，看你们怎样打这一场仗吧！"

（《漩涡》，页194）

因为并列句式的使用，人物说起话来，不免显得文诌诌的，书卷味十足。

自然，李汝琳作品中还有其他颇富特色的句子表达，因篇幅所囿，可另辟一文，加以探究。本文仅从词语的运用、长句的使用，还有并列句这三方面加以分析及讨论李汝琳《漩涡》的语言特点，希望对相关方面的研究有兴趣者，有所助益。

五

李汝琳一九五七年来新加坡，而《漩涡》这本书则是在一九六二年出版，有人不免生疑，究竟要把李汝琳当作中国作家，还是马华作家。林万菁在《中国作家在新加坡及其影响（1927-1948）》一书中便澄清这一误解。他说，似李汝琳这些南来作家，来到新加坡之后，便在本地生根落户，还在这里发展文艺事业，不再回中国去，是不折不扣的新马华作家[25]。林万菁所言极是。李汝琳在新加坡文坛的贡献，除了努力组织文艺社团，提倡本地文艺事业，更是身体力行，大量创作。我们分析李汝琳的用语特点时发现，他在用语上力求规范，不似当时的马华作家，常在作品中加插新马方言、马来文或是印度语，而出现难读、难懂的现象。也因此，许崇铭才会如此总结：李氏的语言具有另类的风土气质[26]。通过本文的分析及讨论，我们对许氏笔下所谓的"另类"的"风土气质"，应有更深一层的理解。总而言之，我们希望通过这样的分析，对六十年代出版的本地文学作品，有多一番的理解；同时，我们也希望能从文学语言这一新的视角，重新认识这位当代的重要作家。

　　——本文发表于《南洋学报》第七十三卷，二〇一九年

25　见林师万菁教授《中国作家在新加坡及其影响（1927-1948）》（修订本）（新加坡：万里书局，1994年），页6。

26　见许崇铭《浅论李汝琳小说的创作特色》，见同注（2），页284。

《苗秀〈新加坡屋顶下〉的语言特色探微》

一

　　苗秀，原名卢绍权。一九二〇年于新加坡出生，一九八〇因眼疾引发的疾病去世。

　　苗秀是新加坡著名的先驱作家，著作等身。陈世俊在《苗秀的生平及其著作》一文，曾替苗秀的作品做过统计：一九五六年到一九七一年，有短篇小说集《边鼓》（1958）、《红雾》（1963）、《人畜之间》（1970）、两本中篇小说集子：《年代和青春》（1958）、《小城忧郁》（1967），一本长篇小说：《火浪》（1960）[1]。可惜的是，在他去世后，有关他作品的研究，越来越匮乏。刘笔农在整理并编辑新加坡已故作家作品时，曾剀切地道："为了编选'已故作家文艺丛书'，曾刻意搜索过被选定的六位已故作家的作品，即苗秀、姚紫、赵戎、杏影、李汝琳及柳北岸，使我深深地体会到我们的出版工作做得实在不好，连这么著名的大作家的作品，居然这么难找，有好几种是几经波折，才从一位热心新华文艺的收藏家那儿借到，真是得来不易。[2]"说得也是，连作品都难找，更遑论是与之有关的研究。这当中的惋惜之

<hr>

1　陈世俊《苗秀的生平及其著作》，见新加坡文艺协会编《苗秀研究专集》（新加坡：新加坡文艺协会出版，1991年），页201。

2　刘笔农主编《新加坡已故作家作品集——苗秀小说选》编后话，见《新加坡已故作家作品集——苗秀小说选》（新加坡：新加坡文艺协会出版，1999年），页8。

情，溢于言表，不必赘言。刘笔农说这番话时是一九九九年，时隔二十年后，朱崇科二〇一九年在《香港文学》中发表的一篇文章中，即明言：有关苗秀作品的研究，"最集中体现在新加坡文艺协会出版的《苗秀研究专集》。[3]"经过二十年的时光推移，有关苗秀的相关研究，仍不见有所发展，这也难怪早报记者张曦娜在二〇二〇年的专栏中，撰文《百年苗秀》，提出了她对苗秀相关研究的不足，深感遗憾。她在文章的开篇即如此道："今年为中国作家汪曾祺诞辰100周年，《百年曾祺：1920-2020》就在3月5日汪老的百年冥诞这天问世了。毕竟是一个有文化积累的国度，对文学与作家的尊重有自己的方式和态度。我在发新闻稿给同事的时候，倒想起了同样已经去世的本地作家苗秀。"总结时，她引用之前朱崇科那篇文章中的一句话，对苗秀这位先驱作家研究的不足，婉转地提出自己的看法："朱崇科在开篇指出，"新华文坛是相对健忘而且功利的"，我们姑且受教，有则改之，无则加勉。[4]"张氏所言，发人深思。

苗秀一生，孜孜不倦，无论是在文坛或是在学术上，都留下许多珍贵的遗产。与他私交甚笃的谢克便坚信这一点："苗秀在新华文坛的地位，是肯定的。[5]"研究苗秀的作品，除了可以看到马华华文文学的发展，更可看出这位作家一生辛勤笔耕，努力之所在。

在语言的表达及运用上，苗秀有独到的看法。在创作时，他身体力行，把自己的创作理念，融入到自己的作品中。其中，方言词语的使用与方言表达尤为明显。不过，苗秀在小说中夹杂古语词，或是较

3　朱崇科《论新华作家苗秀作品中的本土话语》，《香港文学》2019年，第2期，页79-91。

4　张曦娜《百年苗秀》，联合早报·四方八面，2020年3月21日。

5　谢克《自学成功的作家——苗秀》，见新加坡文艺协会编《苗秀研究专集》（新加坡：新加坡文艺协会出版，1991年），页31。

常用的辞格，甚至是一些较为少见的关联词组，都应加以注意。本文
以苗秀著名的中篇小说集《新加坡屋顶下》作为研究的对象，对上举
这几方面的使用特点，详加剖析，一窥其中的用语特色。

二

在苗秀去世后，刘笔农曾说过："姚紫和苗秀，是新华文坛令人
骄傲的双佬。[6]"为何说"双佬"，实因苗秀提倡文学作品不避方言词
语。"佬"字，正是苗秀常用的粤方言，指"大哥"之意。刘笔农这
么说，应该是对这位提倡在小说中夹杂方言的作家，所表示的敬礼。

其实，当时的新华作家在作品中夹杂方言，似已蔚然成风，刘笔
农指出："当时的作家，喜欢运用各自的方言，如广东话：苗秀、赵
戎、于沫我。写福建话多的，要算关新艺、白寒等。[7]"不过，对于苗
秀在小说作品中夹杂方言的做法，评论及看法不一。新华文学评论家
赵戎是表示赞同的。他说："我们南方人，应用南方话写作，也是理
所必然的。[8]"不过，另一位研究苗秀作品的陈世俊却不甚苟同。陈世
俊说："对不明了粤语的读者来说，简直犹如天书[9]"。这是可以理解

6 见刘笔农主编《新加坡已故作家作品集——苗秀小说选》编后话，见同注（2），页227。

7 刘笔农《再写苗秀》，见新加坡文艺协会编《苗秀研究专集》（新加坡：新加坡文艺协会出版，1991年），页49。

8 见赵戎《苗秀论》，参新马华文文学大系编辑委员会编《新马华文大系第一集·理论》（新加坡：教育出版社，1971年），页154。

9 陈世俊《苗秀小说的艺术特色》，见同注（1），页175。其实，方言词语的使用与否，在当年也是甚具争议的课题。赵戎谈论苗秀的语言特点时，曾如此道："马华作家应用方言写作，曾使一般人诧异与摇头，甚至遭受那些抱残守缺的写作者所反对。"无论如何，方言词在小说作品中的夹杂使用，已是苗秀创作的一大特色。有关赵戎对苗秀作品的看法，可参赵戎《苗秀论》，见新马华文文学大系编辑委员会编《新马华文大系第一集·理论》（新加坡：教育出版社，1971年），页153）。

的。方言词语的用与不用，在五四白话文运动初始，已是当时作家常谈论的课题。茅盾的看法是："五四"以来白话文所以未能"大众化"，除了"句法"之"太文"或"太欧化"而外，尚有一大原因，即未能尽量采用大众口头上的字眼。[10]不过，茅盾要求白话文大众化，与新华文学在表达中夹杂方言词语或是方言表达，在本质上是有些不同的。在白话文创建伊始，茅盾等推广白话文创作，不避方言词语，除了认为这样做能增强白话文的表现力之外，还有另一原因，便是为了应付白话文词语不敷的现象[11]。而当时的马华作家之所以重视方言词语，主要是视之为展现南洋地方色彩的方式。不过，在方言词语的运用上，茅盾曾语重心长地说道："文学语言并不排斥部分的方言乃至俗语，但这并不等于说，一切方言，俗语都可以改为文学语言。"[12]

苗秀之所以强调使用方言词语及表达，是因为他肯定这是大众的语言[13]。他曾撰文提出自己的看法："我以为一个作家除了创造活生生的艺术形象外，还有提炼和创造新语言。使原有语言更加丰富的责

10 茅盾提倡方言词，目的是促进白话文的普及。钟桂松曾根据此命题，肯定了茅盾在这方面的贡献。见钟桂松《茅盾小说中江浙方言俗语的运用》，见钟桂松《茅盾散论》（上海：复旦大学出版社，2001年），页54。

11 相关课题，可参陈家骏《茅盾的修辞观及其语言风格特点论析》，见陈家骏《文学语言论集》（台北：万卷楼图书公司，2018年），页1-27。

12 参茅盾《关于艺术的技巧在全国青年文学创作者会议上的讲演》，见贾亭、纪恩选编《茅盾散文》第3集（北京：中国广播电视出版社，1995年），页220。

13 苗秀曾不止一次谈论了他对文学创作的看法，并提出文艺的工作者应该是大众的代言人的这一概念。苗秀在评论谢克的创作时，直抒己见，认为作品中使用的，或方言词、或马来语，都应视为大众的语言。他认为这些是生活在新马的人所耳熟能详的语言，用之无妨。他坚信，文学写的是南洋的人与事，自然要用当地人熟知的语言。可参苗秀《一九四七年马华文学概况》，页1-3；苗秀《谢克：〈为了下一代〉》，页86-87。这两篇文章皆收录于苗秀《文学与生活》（新加坡：东方文化企业有限公司，1967）。

任。作家应该应该懂得怎样从广大的复杂的群众口语中，选择最明确的最生动的语言，提炼加工，使成为艺术的语言。[14]"不过，他似是忘了，有许多方言词语有音无形，用得过多，其实会削弱文章的表现力。对不谙方言的读者，或许会因读不懂而无法理解文章内容。深谙广东话的赵戎不觉得这是个问题，而对粤语不是很熟悉的陈世俊却不敢苟同，便是很好的证明。陈世俊曾直言："如果毫无原则地滥用方言，对读者来说，是一种额外的负担。[15]"

　　无论如何，苗秀在小说作品中大量使用方言词语及一些特殊的表达，几乎成了他个人的标志。如他常用"他老"、"我老"。与他私交甚笃的谢克在其悼念文字中曾如此道："苗秀喜欢在小说里用'他老'来代替'他'或'她'，所以文艺界的朋友都以'他老'这个外号来称呼他，他也不介意。[16]""他老"或是"她老"，在苗秀作品中，屡屡可见。苗秀自己也曾坦言："我常常在我的作品里用了'老'这个字眼，曾经使有些人皱眉摇头，……其实我用这个'老'字，当初只是顺手拈来，毫无深意的，不过要使小说中的人物显得更亲切些罢了。[17]"他应该是没想到这样的用法，会引起如此大的回响，这也是他始料所不及的。

　　苗秀除了在小说中频频夹杂使用方言，还有一些语言的变异，都已成为他个人的写作特色。黄孟文在评论苗秀的作品时，即一语道出："苗秀在遣词造句方面，很能表现出他的特色，他喜欢用'他老'、'一支'、'一住'、'困'等字眼，这些字眼如果用在别处，也许会使人感到用词不当，但是用在他的小说里头，则没有这种

---

14 苗秀《写个一位青年的信》，见苗秀《文学与生活》（新加坡：东方文化企业有限公司，1967年），页193。

15 陈世俊《苗秀小说的艺术特色》，见同注（1），页175。

16 谢克《自学成功的作家——苗秀》，见同注（1），页29。

17 见同注（15）。

印象，反而令人有一种用字不俗的感觉（虽然有些地方用的太滥了点）"。语言的使用，用得好或不好，与如何用有着密切的关系。新华文学发展至今，应算是较为成熟的时代。若如此推论，苗秀的创作，应可看作是新华文学，从开始到成熟的过渡期。他的语言表达，偶有不理想之处，也是可以理解的。虽然陈世俊认为"他老"这样的用法，值得商榷[18]。但这样的用法，早已为作者个人写作风格的甄引。这也就是为何黄孟文会如此继续道："这些特殊字眼，是造成苗秀小说艺术风格的一种重要环节[19]"。

三

我们不妨进一步探析，苗秀是如何在《新加坡屋顶下》使用方言词语及方言表达的。

在人物对话中，除了方言词语，苗秀甚至不避方言表达及句式。但是，在行文中，或描述、或叙述，苗秀多只夹杂一两个方言词语，十分节制。请看：

（一）对话

例一：那个拿碗去的，侧过脑袋来，睇见陈万已经起身，便笑迷迷的：

"嘿，真是不好意思，吵醒你陈先生添架！"

---

18 参陈世俊《苗秀小说的艺术特色》，见同注（1），页175-176。

19 黄孟文《新加坡华文小说的发展（一九一九——一九九○）》，见黄孟文《新华文学评论集》（新加坡：云南园雅舍），页20-21。关于苗秀作品中方言词语的使用，一向受到学者的注意。学者金进便曾以这课题，撰文讨论之。参金进《南洋抗战题材，小人物的方言问题——马华资深老作家苗秀的小说特色分析》，见骆明编《新华文学评论集（二）》（新加坡：新加坡文艺协会，2013年），页293-313。

"哪里的话，而今已都晏昼了，只有我咁样大食懒才睡到而今。"

"嘻嘻，有镭揾怕乜野懒……"

这个落魄女戏子，一副好心肠，一直不肯相信住在自家床底下"叠架床"的那个拾垃圾的老婆子的话，一直对这陈万的存着好感，相信这姓陈的是个正派的后生仔。

（《新加坡屋顶下》，页110）

（二）行文

例二：当海港局的码头估俚，每天的工镭只有一扣一角半，局方供给那两顿饭餐也是非常恶劣的，每一顿拿卡贞叶包起来。……可是这些都没关系，他陈万接受了这个职业，主要是为了海港局有宿舍供给估俚住宿，只要你食过两天海港局的头路，拿到一张进入海港局码头的劳工"派斯"，便能够在宿舍里铺起一块草席来，安心地住下来，不必付出一占租金，即使以后不再去做海港局的工也也不打紧。眼前他陈万挺需要的却是一个栖身之所，这个正好符合了他老的愿望。其次，听别人讲，在码头做估俚还有一种好处，是随时有东西可给"进道"（黑话：偷），听讲已经有些人靠着码头"进道"捞起，发达了。这些天不怕，地不怕的家伙买通了管码头货舱的，跟守码头进出口大门的，明目张胆的雇了罗厘车开入海港局码头区，把货仓里的布匹、洋货，整罗厘搬走。……

（《新加坡屋顶下》，页112）

苗秀因秉持着文学应是生活投影的这一理念，为求笔下塑造的人物更贴近生活，所以在人物话语中，频频使用方言词语或表达，以致

让人觉得没有节制，也是可以理解的。例如上举例一中的方言词语
"添架"、"晏昼"、"咁样"，短语"有镭揾怕乜野懒"，若不谙
粤语方言，读来确实会让人丈八金刚摸不着头脑。另举两个例子证
明：

例一之一　陈万到这里真得忍不住了：

"你唔肯还人家使罢了，干嘛还出口伤人，坏人名
誉！"

他老骂着，一手捏紧了烟屎全的手腕，使劲地绞扭
了一下，那个就弓起腰来，哎哟哎哟的嚎叫了来。

（《新加坡屋顶下》，页85）

例一之二　"呶，契弟，拿去阿屎那边整番两口——等阵一点
钟至紧到姣婆雪英的羔呸档等我……"

讲完他老掉头就走。

（《新加坡屋顶下》，页86）

苗秀或许是意识到这一点，在一般的行文，他只拣较为常见的方
言词或是流行于当地的马来文。如例二中带点的词语，就十分少。虽
是如此，似例一这样的例子，在苗秀小说中是屡见不鲜的。这也难怪
陈实在《苗秀前期小说创作论》指出，苗秀的《在新加坡屋顶下》几
乎成了《南洋华语俚俗辞典》[20]。陈实所言甚是。以下我们将苗秀作
品常出现的方言词语及新马流行的外来词，做一简单归类，方便说
明。且看：

---

20 本文附录于苗秀《新加坡屋顶下》（广西：漓江出版社，1987年），页267。

一	动词		解释
（1）	捞世界	《新加坡屋顶下》，页86	这里指讨生活，不过却带有贬义。
（2）	听讲[21]	《小城忧郁》，页25	闽南话或粤语都有这用法，指道听途说，或是听说。
（3）	搵食[22]	《新加坡屋顶下》，页80	粤语，指讨生活。
（4）	交关[23]	《新加坡屋顶下》，页73	闽南语或粤语，指做买卖，做生意等义。
（5）	撞鬼[24]	《深渊的城》，页207	粤语，指遇上。这里是指责对方为何如此慌张。
（6）	吃风[25]	《深渊的城》，页204	粤语或闽南语，指旅行或是四处玩乐。
（7）	铺头[26]	《新加坡屋顶下》，页91	本指露面，这里指出来社会工作。
（8）	走鸡[27]	《新加坡屋顶下》，页81	指错失机会。
（9）	埋[28]	《新加坡屋顶下》，页86	粤语，这里指减掉的意思。不同地方的使用，意思也会有所不同，例如说：做埋这些东西，指的是完成的意思。

21 原文：……不过，听讲她很会讲广府话。

22 原文：今天才出来搵食……。

23 原文：……（赛赛）看里头有没有跟自己"交关"过的客仔。

24 原文："呸，撞鬼你么……"

25 原文："还有出来新加坡的做生意的，吃风的州府客，……"（注："州府"在这里指马来西亚。）

26 原文："不过，我很少在那里。我一早就出去铺头——"

27 原文：陈万觉得这当子不下手可走鸡了。

28 原文：便马上三步减埋两步。

有些方言词虽源自古汉语，但今日多已不这么使用。苗秀的刻意使用，固然是方言的用法，有时却别有一番滋味。且看：

例三　　……他陈的便正式食起舅舅的头路来了，……

（《新加坡屋顶下》，页111）

上举例子作为动词的"食"，在文言文中，虽可看见这样的用法，但现代汉语却鲜少这么使用。苗秀有时更是直接利用这样的用法，另创新词。

兹举二例补充：

例四之一　我的妈姆在世时光，……晓得他是个光棍子，食凉食热，常常少不了他的。

（《小城忧郁》，页5）

例四之二　我老老实实刚告诉他，爸去世后这两年我们已经食穷食绝，……

（《女职员日记抄》，页242）

例四之一的"食凉食热"应是苗秀自创的词语，照字面的解释，是说吃冷食或是热食，这里是指主人公的母亲，一直在饮食上十分照顾自己儿子的好朋友——林铁山。例四之二的"食穷食绝"，亦是方言词，有山穷水尽之意。

不过，似这样的用法，在日趋成熟的华语里，已逐渐消失。今日读来，因用法"古旧"，读来古味盎然，确实有另一番风味。

苗秀作品中出现的名词性方言词语，对许多对土生土长的新加坡人而言，应是再熟悉不过的。苗秀在小说中夹杂了这些词语，地方生活色彩彰显。以下摘录了一些，加以说明。

二	名词		解释
（1）	七扣钱[29]	《小城忧郁》，页8	扣，方言，即一元两元的"元"。
（2）	一占钱[30]	《新加坡屋顶下》，页96	指一分钱的"分"。
（3）	镭[31]	《小城忧郁》，页49	指"钱"。
（4）	头家娘[32]	《旅愁》，页180	方言，即老板娘。文中指的是有钱人太太。
（5）	头路[33]	《新加坡屋顶下》，页111	指生计或工作。
（6）	暗牌[34]	《小城忧郁》，页59	便衣警察。这词语在新马一带十分流行。
（7）	利市[35]	《新加坡屋顶下》，页89	粤语，指红包或是压岁钱。这里是双关义，指钱给小偷偷走了，便当作是给他们压岁钱，颇有自嘲的意味。
（8）	财副[36]	《新加坡屋顶下》，页86	指书记或是处理公司账目的白领。
（9）	苏虾仔[37]／细	《新加坡屋顶下》，页74	粤语，前者指婴儿，后者指

---

29 原文：这些天，黑市米价涨到每斤七扣钱，……

30 原文：……一占钱也没有要她的。

31 原文：我只好付了羔呸镭，……

32 原文：昨天，他还幸运碰到一位好心肠的头家娘来还愿望，讨得五角钱。

33 原文：……他陈的便正式食起舅舅的头路来了，……

34 原文：她左右都有暗牌押住，后面跟着一些马打。

35 原文：……算是给那些扒手一些"利市"，……

36 原文：……主要是靠斜对面市政局跟高等法院里的财副们（书记）来交易的，……

37 原文：……这趟她的那个发烧了个多礼拜的苏虾仔可得到贵人打救了，……

二　　　名词			解释
	佬哥[38]	《深渊的城》，页199	小孩子。
（10）	估俚[39]	《新加坡屋顶下》，页107	这词语来自英语，coolie。后来进入方言。估俚即苦力。这里指蓝领工人。
（11）	厝[40]	《小城忧郁》，页7	闽南语，指屋子。
（12）	卡[41]	《小城忧郁》，页7	指人。
（13）	地头[42]	《新加坡屋顶下》，页74	指管辖或掌控的地方或区域。
（14）	马骝[43]	《新加坡屋顶下》，页79	粤语，即猴子。
（15）	鸡母[44]	《深渊的城》，页206	闽南话或粤语，指母鸡。

　　有些方言词，亦是外来词。它们最早时应是先出现在方言里，经过一段时间的使用，有一些才进入到中文里。经时间推移，这间中的发展痕迹，今日看起来是相当模糊的；不过，从苗秀作品中出现的一些词语，还是可看到蛛丝马迹。兹举四例补充说明：

　　　例五　　　我只好付了羔呸镭，……

　　　　　　　　　　　　　　　　　　　（《小城忧郁》，页49）

　　　例六　　　……斜里却闯进那个吉灵鬼卖票员来，朝赛赛讨车钱。
　　　　　　　　　　　　　　　　　　（《新加坡屋顶下》，页81）

---

38 原文："你懂乜野，……细佬哥，应该让他多睏一阵子。"
39 原文：早上那些无轨电车跟巴士车的搭客，几乎全都是去工厂的估俚。
40 原文：这间本来不大的山芭板厝变得空虚起来。
41 原文：……那些种地的山芭卡。
42 原文：这一带都是鬼头德领导下的私会党"七○七"的弟兄的聚集揾食的地头。
43 原文：……这家伙一付马骝相，还满脸烟油的，……
44 原文：新来的那个女客手里挽了两瓶"玫瑰露"跟一只鸡母。

例七　　那罗厘车连同跟车的估俚卡每次都笔直开进监狱的大
　　　　门里面卸载的。

(《小城忧郁》，页29)

例八　　……外头的马路上巴示车驶过一辆又一辆，我的睡意
　　　　很快的给驮走了。

(《女职员日记抄》，页238)

　　上举例五的"羔呸"，是译自英语"coffee"，今日已经通用的词语是咖啡。例六的"吉灵"也是方言译词，指印度人，今日只是偶尔还会在口语里出现。值得注意的是，今日仍在使用的"罗厘"（例七）和"巴示车"（例八）。"罗里"译自"Lorry"。《全球华语大词典》在解释"罗厘"这一词语时，特别指出，"罗厘"一词，流行于新马。今日用"罗厘"，大家似都觉的这是中文译词，其实这词语最早便是在方言里出现的。同样，"巴示车"，即"Bus"，今日多写成"巴士车"。苗秀写成"巴示"，除了可能是在苗秀的年代，字形还没规范之外；另一可能性便是这一词语，原本便是方言译词。"巴示"其实更接近粤语发音。

　　在苗秀作品中，还出现了一些作为形容词使用的方言词，虽为数不多，还是应摘录下来。请看下表：

四	形容词／副词		解释
（1）	咸巴郎[45]	《新加坡屋顶下》，页97	指通通或是全部。
（2）	勤密[46]	《小城忧郁》，页6	指殷勤。

---

45 原文：……你真想把新加坡咸巴郎（通通）抬回唐山去么！……
46 原文：（林铁山）来我家走动也不再像旧日那样勤密了。

四		形容词／副词	解释
（3）	面熟[47]	《小城忧郁》，页15	指有似曾相识的意思。
（4）	千猜[48]	《新加坡屋顶下》，页116	指随随便便的意思。
（5）	头先[49]	《新加坡屋顶下》，页76	指刚才或刚刚。
（6）	作算[50]	《新加坡屋顶下》，页96	意思同"即使、就算是、就是"等意思。
（7）	重[51]	《深远的城》，页197	意同"还"。
（8）	落手落脚[52]	《新加坡屋顶下》，页76	这里指亲自出马。
（9）	手臭[53]	《新加坡屋顶下》，页80	"臭"在方言里不但可以指味道，用于不同处，还可能出现有不同的意思。例如这里的"手臭"，指的便是霉运；"臭话"却是指脏话。
（10）	千祈[54]	《新加坡屋顶下》，页89	这是指"千万不要"的意思。
（12）	够力[55]	《深渊的城》，页200	闽南话，指严重或是十分要不得的事。

---

47 原文：我觉得这脸孔好生面熟……

48 原文：……不守规矩，胆敢千猜在别人打色（黑话：指管辖）的地头搵食，给人发现了，不是好玩的。

49 原文：……你睇见头先我那……

50 原文：作算这当子真的有个卖油郎看上了自家，她也得有钱呀。

51 原文："哼，重唔起身呀，睇你困得死蛇烂虫似的，怪不得一世无发达！"

52 原文："哒，理他死人！又不是你落手落脚偷他的，……"

53 原文：好，这两三天他"有柄观音"人行黑运，手臭得他妈的，……

54 原文：……千祈不好讲羔呸镭这件事，……

55 原文："凭良心说，韩少奶奶的'运动'也果然要得，够力。"这里的"运动"指打麻将，而韩少奶奶也正因好赌而坠入歹人设下的陷阱，为了还赌债而出卖自己的身子。

上举例子，若不细加解释，可能不明所指。如上表例（1）的
"咸巴郎"更是直接以同音字取代，即便有上下文，若不谙粤语，这
个词语还是不易理解的。

在新马一带，马来语也十分流行，有好些还是今日人们在日常对
话中，常会使用的。这里摘录一些。请看：

（1）	拢帮[56]	《小城忧郁》，页15	这里指搭顺风车。
（2）	痧结[57]	《新加坡屋顶下》，页77	指生病。
（3）	吉拉店[58]	《小城忧郁》，页24	杂货店。
（4）	马打[59]	《小城忧郁》，页59	警察。
（5）	多隆[60]	《新加坡屋顶下》，页74	指赦免或是救赎。
（6）	卡周[61]	《新加坡屋顶下》，页77	苗秀在小说中注明是欺凌，但在日常生活中，这一词语多指骚扰或是滋扰。
（7）	沙笼[62]	《新加坡屋顶下》，页78	马来人围在下半身的布。这一词语现在已进入中文。

潘亚暾、汪文生在《海外华文文学名家》一书中介绍苗秀的作品
特色时，以"植根于生活土壤的现实主义作家"来形容苗秀；他们还
指出，似苗秀这样的写作手法，对新华文学创作，产生了广泛而深远

---

56 原文："……如果丁先生不嫌弃肯让我'拢帮'那就感激不尽了，……"

57 原文："并且那个细蚊仔又痧结（马来语：生病）。"

58 原文：我在荷兰街"祥记"吉拉店，……

59 原文：她左右有两个暗牌押住，后面跟着一些马打。

60 原文："……总算大伯公多隆，天无绝人之路"。"大伯公"是南洋一代得华所人
崇敬的土地神，说大伯公多隆，是说受到大伯公的庇佑。

61 原文：……为了免得别的私会党的三星臭卡"卡周"（马来语：欺凌）自己，她赛
赛不得不忍痛付给这鬼一笔保护费，……

62 原文：赛赛给夹在一个大肥跟一个裸程了上身屁股间缠一块红不像红黄不像黄的沙
笼的吉灵鬼估俚中间。

的影响[63]。而这也是事实，与他私交甚笃的谢克，在开始创作的时候，便常向苗秀请教[64]。谢克作品中，屡屡出现的方言词，极可能是受到苗秀的影响。

四

　　早期以白话文创作的作家，总会不由自主地用上古语词。苗秀的文字表达，力求口语的同时，也偶尔会在行文中夹杂一些古语词。这样的用法，与小说作品中大量方言词的使用，相映成趣，引人注意。这些语词，有许多在古典白话，或是话本小说都可见及。或许是苗秀早年常听说书人说故事，从而引起他读这些书籍的兴趣，并从中汲取养分。且看以下的举例：

63　潘亚暾、汪文生《海外华文文学名家》（广州：暨南大学出版社，1994年），页235-236。

64　谢克在自己所写的小说中掺杂方言词语，原因从他在《新加坡小景》这本小说集子的后话，可看出端倪。他说："我在新加坡出生，在新加坡长大，我喜欢'新加坡'这三个字，就像喜欢我爱人的名字一样。'"（见谢克《新加坡小景》〔新加坡：青年书局，1959年〕，页99。）正因他喜欢这个岛国，所以力求小说的语言，能一展新加坡的风貌。而影响谢克的，正是亦师亦友的苗秀。谢克在悼念苗秀的文章中即如此写道："每一次，我写好一篇习作，便在'他老'放工后，告诉我什么地方写的不好，如何修改，哪一些情节不合理，应该删去。这些宝贵的意见，对刚开始学习写作的我，有很大的帮助。"可参谢克《自学成功的作家——苗秀》，见新加坡文艺协会编《苗秀研究专集》（新加坡：新闻文艺协会，1991年），页30。若要参考有关谢克作品的语言特色研究，可参陈家骏《谢克短篇小说集——〈新加坡小景〉的语言特色研究》，《南洋学报》第74期（2020年），页91-112。其实，苗秀也曾就谢克的小说《为了下一代》，如此赞道："……我第一个印象，是作者的风格活泼、明快。形成这种优良风格的主要因素，是作者大量地采用着有生命的大众的口语，尤其是大胆地运用一些有生命的方言俚语。"见苗秀《谢克：〈为了下一代〉》（新加坡：东方文化企业有限公司，1967年），页86。

例一　　　两只圆圆的眼珠子朝周围睃了睃。

（《小城忧郁》，页26）

例二　　　觑了这个机会，外头的兄弟们便为他布置了一个逃狱的机会。

（《小城忧郁》，页29）

例三　　　……挽了一把滴水的红雨伞，踅足咖啡店里来。

（《愁旅》，页171）

例四　　　丽子秉有妈妈她老人家那一切的好传统……

（《小城忧郁》，页2）

例五　　　他是不是谵语着，……

（《小城忧郁》，页21）

例六　　　这里一片泥泞，那里一洼积潦，……

（）《小城忧郁》，页58

例七　　　丽子开头觉得病人那种有时近乎阴鸷的性格，……

（《小城忧郁》，页26）

例八　　　直到天快亮了，他老才昏昏瞀瞀的睡去。

（《新加坡屋顶下》，页102）

例九　　　房间里的氤氲着一股烟雾，……

（《深渊的城》，页201）

例十　　　可是软的谈锋从来不会惫倦的。

（《小城忧郁》，页27）

上举数例中带点的语词，在今日的白话文中，其实是可找到对应的词语，或是较为白话的表达。例一的"睃"，据《全球华语大词典》的解释是："斜着眼睛看"。我们今日其实可用"斜视"，或以较为白话的"斜眼看"代之。又如例二的"觑"，其实也可用"看"替代。不过，苗秀屡次使用，几成习惯。兹举数例为证：

例二之一　　觑着她爬上一辆开向城里的公共巴士车后，……

《小城忧郁》，页7

例二之二　　彭太太觑着这个机会，……

《女职员日记抄》，页241

上举二例中的"觑"，若换成"看"，也是可以的。这样一来，读起也较为白话。

例三的"踅足"，《全球华语大辞典》解释为："来回走动"；在古典白话小说《儿女英雄传》，可见其踪迹。例如《儿女英雄传》中的这一例子："明日就要遣人踅回临清闸去雇船，往返也得个十天八天的耽搁。""踅"这一词语，苗秀曾多次单独使用。兹举二例为证：

例三之一　陈万横过二马路，趓到珍珠巴刹门口……

（《新加坡屋顶下》，页116）

例三之二　"唔，让我进去问问她吧。"她讲着趓了进来，……

（《上一代的女人》，页223）

在现代白话文中夹杂了"趓"这一文言词，显得十分特别。

例四的"秉"，其实也可用"拥有"替代。例五的"谵语"也是古语词，可见于话本小说中。例如《醒世姻缘传》的第二回便如此道："睡到二更，身上火热起来，说口苦、叫头疼，又不住的说谵语。"

例六的"积潦"一词，如元代杨仲弘〈喜晴得扬字呈汪知府〉诗中便用上了："不畏涂泥滑，宁忧积潦妨。""积潦"指积水，或是洪水。同样，例七的"阴鸷"也是古语词，指阴沉。例八的"昏昏瞀瞀"，在蒲松龄的《聊斋志异》中的《小梅》这一故事，便可看到："后有疾，綦笃，移榻其中；又别设锦裀於内室而扃其户，若有所伺。王以为惑，而以其疾势昏瞀，不忍伤之。""昏瞀"在这里应是指昏昏沉沉。不过，苗秀有时指的是灯光昏暗。例如：

例八之一　侍役慌忙拿了抹布走过来，在昏瞀中，我推说要洗
　　　　　手，马上溜了出去。

（《女职员日记抄》，页250）

上举例中的"我"是一名刚踏入社会的女职员，因年轻貌美，而引起上司的垂涎。一次，在舞厅中，上司借酒"行凶"，对她毛手毛脚，没想到她在挣扎时，不小心打翻了桌上的酒，还溅了这名上司一

身。她在昏暗的灯光下，以洗手为由，乘机溜走。

例九的"氤氲"也是古语词，指"烟雾云气弥漫的样子"。例十的"谈锋"，也同样可见于古籍中。例如苏轼《刁景纯席上和谢生》："宾主谈锋敌两都。"今人《充闾文集——心中的倩影》便有如此用法："……文友们各抒己见，争论的脸红脖子粗，大有苏东坡说的'宾主谈锋敌两都'的气势。"[65]可见，谈锋指的是谈话时的气势。苗秀标榜语言文字要表现本地色彩[66]；也因此，在口语化文字中夹杂的这些古语词，不免显得突兀启端。这除了可能是时代所囿，也可视为苗秀用语的另一特色。

五

苗秀作品中语气词的使用，相当丰富。根据历来学者对语气词分类，多着重于它们在句子所承担的责任；或作"询问"的标志词，或是作为"请求"的标志词。从这些功能来看，由语气词构成的句子，大致可分为这三大类：陈述语气、疑问语气、祈使语气[67]。苗秀笔下的语气词，很多是来自方言的。不同语气词的使用，呈现的效果，各异其趣。且看：

---

65 王充闾《充闾文集——心中的倩影》（北京：万卷出版有限公司，2016年），页40。
66 苗秀在《写给一名青年的信》这篇文章中，曾坦言："我以为一个作家除了创造活生生的艺术形象外，还有提炼和创造新语言。使原有语言更加丰富的责任。作家应该应该懂得怎样从广大的复杂的群众口语中，选择最明确的最生动的语言，提炼加工，使成为艺术的语言。"苗秀强调"口语"的重要性，由此可见。见苗秀《文学与生活》（新加坡：东方文化企业有限公司，1967年），页193。
67 参齐沪扬《语气词与语气系统》（合肥：安徽教育出版社，2002年），页19。

（一）语气词

例一　　"看来今晚搭火车的人真不少啦？"

（《小城忧郁》，页63）

例二　　"干嘛你这样不小心架，而今电车里头很多插（扒）
　　　　手搵食……"

（《新加坡屋顶下》，页83）

例三　　……非常动人哩……

（《小城忧郁》，页46）

例四　　"……还同你看管墨水笔哇！"

（《新加坡屋顶下》，页77）

例五　　"喂，你真的不给面子卦！"

（《新加坡屋顶下》，页84）

例六　　"陈先生客气嘅"

（《新加坡屋顶下》，页91）

例七　　"老娘几十岁了，重有谁来吼！"

（《新加坡屋顶下》，页110）

例八　　"哼，你还想拿死来赖我么？"

（《新加坡屋顶下》，页133）

例九　　　"唔，让我去问问她吧。"

(《上一代的女人》，页223)

例十　　　"密斯苏，你来看电影嘛。"

(《女职员日记抄》，页247)

　　上引诸例列出的语气词，可谓玲琅满目。"啦"、"架"、"卦"、"嘅"等，也都呈现不同的语调，情感色彩也各异。"啦"这一语气词，陆俭明特地指出，中国的"啦"是"了"和"啊"的合音，但新加坡口语中出现的"啦"，很多时候却没这样的特点[68]。上举例一的"啦"却是抒发情绪，强调"人不少"。这一语气词的使用，在今日的新加坡仍常可听闻，苗秀特意在小说人物的对话中加以使用，以制造地方色彩，是可理解的。此外，"架"这一语气词，应是粤语，使用的时候，带有不甚愉悦的情感色彩。"哩"也应是来自方言，使用的时候，带有轻佻的意味，甚至还带有讽刺，或是酸溜溜的色彩。"哇"的使用，情状盎然，不必赘言。"卦"也是方言词，使用时，多是在强调之前所说的话。"嘅"虽也起着强调的色彩，但语气则较谦虚。"吼"这一语气词，十分像今新加坡华语中常可听闻的"hor"；读时，用力十分，自然也是为了起强调的作用。例句中的说话者"秋月"因不满男主人公陈万的调侃，随即抛下这句话，离开了饭桌，她当时心中的不满，溢于言表，不必赘言。

　　苗秀使用的"么"，同于"吗"，在早期的小说里，常可见及。"么"的出现及使用，历史较久。相较之下，"么"比起"吗"更常

68　陆俭明《新加坡华语语法》(北京：商务印书馆，2018年)，页409-410。

见于文章中[69]。苗秀也喜以"嘛"代"吗"。有些语气词,虽在方言里可找到踪迹,但在现代汉语里,也是可以看得到的。例如"吧",便是很好的说明。

　　除了语气词,苗秀在小说中屡屡使用的叹词,也十分丰富。请看:

(二)叹词

　　例一　　"唅,来了。"我心里想,……

(《小城忧郁》,页45)

　　例二　　"哎呦,咁贵!"

(《新加坡屋顶下》,页75)

　　例三　　"呔,我理你是老阿伯还是后生仔,……"

(《新加坡屋顶下》,页75)

　　例四　　"呃,话你山芭佬,肠直肚直,一点不错,……"

(《新加坡屋顶下》,页77)

　　例五　　"喝,银花姐,你睇见头先我那个客仔去了什么地方?"

(《新加坡屋顶下》,页76)

　　陆俭明分析新加坡人使用的叹词时,即指出有好些叹词,不见于中文,应是来自方言[70]。陆氏所言极是。不同叹词的使用,很多时

---

69 "么"的使用,宋代已出现。今日多见于较早的白话小说作品中。参罗骥《北宋语气词及其源流》(成都:巴蜀书社,2003年),页97-98。

70 见同注(69),页46-48。

候，所呈现的语气效果，各有千秋。上举例一的"唅"，带有感叹的特点。而例二的"哎哟"却起着夸大，强调的作用。例三的"呔"，语气上则含有不屑。例四的"呃"，很多时候是带有迟疑的情感色彩。另举一例补充：

例四之一　　"呃，是陈先生呀，好久不见了……"

（《新加坡屋顶下》，页125）

例四之一，苗秀描绘妓女"赛赛"本不想再见到的故事男主人公——陈万，却偏在此间偶遇，不禁感到愕然。我们从这一声"呃"，或多或少可读出"赛赛"此时的心情，既感到意外，又十分犹豫，不知该不该继续攀谈。

例五的"喝"应是发出声音，大声呼喊，希望引起注意。这一用法，在古典白话小说中常可见及。

除了词语的使用，苗秀在辞格及句式的使用上，也有独到之处，值得一探。

六

在众多辞格当中，苗秀似更偏爱于比拟手法的使用，常用来刻画人物心情，或是描写景物，除了制造视觉效果，还兼有抒情的作用。且看：

例一　　我的心铅样的沉甸甸，一个叹息轻轻溜过我的发际。

（《小城忧郁》，页3）

例二　　……可是那大块大块的黑云还是在河上徘徊，……

（《小城忧郁》，页13）

例三　　太阳刚露脸，我就爬起床，……

（《小城忧郁》，页19）

例一的"叹息"其实是反衬主人公心中的悲痛，他在看到自己的亲妹妹因丧母而难过不堪时，心中愁肠百结，十分不忍。"溜过"的"叹息"，在这里指突然而至的悲伤情感。苗秀似很喜欢借用比拟手法，来强调心情。再举一例补充：

例一之一　　这失望的情绪，一直紧紧地俘掳了他。……

（《新加坡屋顶下》，页109）

"失望"是个怎么样的情绪，对主人公又有着怎么样的打击。通过上举描述，应十分易懂。

例二、例三的例子，都用得生动有趣，不说乌云聚集，却说乌云在"徘徊"，也在在说明了观望者心中的期盼，是多么希望乌云能散去，还他一个明净、干爽的天地。例三的"太阳刚露脸"，也用得生动十分。似这样的例子不少。兹举若干例子证明：

例四　　阴影打起伏的山峦那边很快地淹没过来，……

（《小城忧郁》，页7）

例五　　黄昏的热带小城静谧地躺在暗淡的长空下，……

（《小城忧郁》，页31）

例六　　淤黄的沙滩上浪潮一排追赶着一排，扑向岸上来，……

（《旅愁》，页166）

例七　　椰油灯的黄焰，在呼呼地闯进这楼板里来的夜风中飘
　　　　飘摇摇的，……

（《旅愁》，页177）

　　例四不说夜幕低垂，却说成大地遭夜幕给淹没了；除了指夜幕来
得快，还指涵盖范围之广。这样的描绘，生动异常。例五不直接描写
在黄昏下的城楼，却说小城在躺着。这描述犹如写生画一般，细致地
描摹了一幅夕阳美景。例六的海浪和例七的夜风，同样用了比拟手
法，把自然的物象描绘得更为生动。

　　因为频频使用比拟手法，有时就用得十分刻意。且看以下例子：

例八　　一辆走"大世界"游艺场的巴示车开回来了，吐出了
　　　　那塞得满满的打游艺场回来的游客，……

（《新加坡屋顶下》，页96）

例九　　等到夜班的列车咆哮着冲入了车站，……

（《小城忧郁》，页64）

例十　　也许是星期六的关系，还没有到平常的"挂灯"的时
　　　　间，那黑色巷子便从白昼的酣睡中苏醒过来了。

（《新加坡屋顶下》，页151）

　　不说乘客下车，反而说是巴士把人"吐"了出来；不说列车到

站，而说列车咆哮着冲入车站；不说烟花柳巷在夜晚变得热闹起来，却说成是从白昼的酣睡中刚苏醒。苗秀刻意求工的心态，十分明显。

此外，苗秀也喜用长句。用精雕细琢来形容苗秀的这类长句，实不为过。这些长句的结构，常是由许多的形容词来修饰一个中心词，务必做到所描绘事物，如立纸上。请看：

例十一　这家伙老是不断地拿出一种他的这辈人对待一切陌生
　　　　人惯有的猜疑眼色打量着我。

　　　　　　　　　　　　　　　　（《小城忧郁》，页6）

例十二　赛赛给夹在一个大肥跟一个裸裎了上身屁股间缠一块
　　　　红不像红黄不像黄的沙笼的吉灵鬼估俚中间。

　　　　　　　　　　　　　　　（《新加坡屋顶下》，页78）

例十三　一九四一年最后一个月的一个凌晨，第一架东洋鬼子
　　　　轰炸机丢下的一颗炸弹在我住的屋子背后那条街上爆
　　　　炸开来。

　　　　　　　　　　　　　　　　（《小城忧郁》，页9）

例十一的中心词是动词"打量"，而之前一大串的状语便包括了：状态——"不断"、主人公的臆测——他们这辈人对待一切陌生人，还有一个是怎么样的眼色——猜疑。因内容如此繁丰，句子自然变得冗长。例十二的句子更长，原本可用逗号错开，苗秀却故意一气呵成，以表现出主人公"赛赛"在拥挤公车上的不满情绪。例十三的长句，旨在制造紧迫的语气效果，让人感受到这一事件对当时人们的心灵所造成的震撼。

苗秀除了喜欢使用多重长句，也喜在短句之间，夹杂特长句。这么做，一来可在人们阅读时，制造错落有致的视觉效果；二来也可表现出叙事效果，或平淡、或紧张，让人宛如在听说书一般，十分特别。且看以下的例子：

例十四　买了票，他老兀然看见郑狗仔跟另外一个名叫做塞豆窿的小伙子工友一左一右的把一个星期六下午出来找花姑娘的红毛兵夹住。

（《新加坡屋顶下》，页113）

例十五　沉甸甸的暗云，试探地触一下水面，又急速地掠过黑色的波涛，滚向那在雨雾中隐隐约约的一线灰暗的海岸线那边。

（《旅愁，页165》）

例十六　这渔港的大街，在战前却还像个样，三层洋灰造的中国茶馆都有——这大街是靠汪洋大海里那无尽的财富建筑起来的，把这个渔港点缀得成了东海岸最繁盛的埠头里面的一个。

（《旅愁》，页173）

例十四描述主人公陈万本不想当扒手，却因生活所迫，逼不得已。这例子所描绘的这一幕，正是引领他走上不归路的关键时刻。长句正好描绘了他当时吃惊的心情。例十五，由短句到长句，描绘了一幅滚动的景致，生动及形象性兼备。例十六除了把眼前所见，还把历史简略地叙述，制造旁述的效果。

　　有时，为了令句子读来不单调，苗秀常变换句式，例如由"把字句"构成的长句，便是很好的说明。兹举例子若干，加以说明：

例十七　林铁生……一踏进们就不管三七二十一，把他那个矮胖的身躯朝放在厅堂角的帆布躺椅上一抛。

（《小城忧郁》，页7）

例十八　哼，且慢高兴，这该是你甘少奶奶乖乖的把吃进去的加倍吐出来的时候了。

（《深渊的城》，页209）

例十九　烟屎全给陈万拉到福南街横巷里头以后，一听说陈的要求把头先在电车上插到的那支派克自来墨水笔还给失主，便老大不愿意，……

（《新加坡屋顶下》，页84）

　　上举例十七的"把字句"，内容丰富，不但交代了林铁生身材，还交代了帆布躺椅的位置及材料，更刻画了人物的形态和笨拙的行为。例十八的"把字句"，其功能也同上举二例相似，把人物丑陋的嘴脸，生动地描绘出来。例十九把事件的前因后果，娓娓道来，一应俱全。

　　此外，为了增加句子的内容，苗秀所用的关联词组，有些也用得特别。例如"一壁一壁"和"一住一住"。且看：

例二十　"西医，"林一壁回答一壁打开口袋里掏出个褐色的玻璃瓶子来。

（《小城忧郁》，页23）

　　例二十一　……我和软两个一壁留意着那面大镜，留心那些进
　　　　　　　出这羔哑店的人物，一壁又注意窗外的过路人。

（《小城忧郁》，页55）

　　祝晓宏在《新加坡华语语法变异研究》中，指出"一壁一壁"的
使用，源自古汉语，如在古典白话小说中便可找到其踪影。这一关联
词组在早期的新华作品中，时有所见[71]。苗秀的语言表达，受到这些
小说影响的痕迹，十分明显。苗秀在叙述自己是如何对中文的学习产
生兴趣时，曾直言不讳，说是始于古典白话小说及话本小说[72]。

　　此外，苗秀还用上"一住一住"这样的关联词组，虽找不到出
处，但因特别，特此摘录。

　　例二十二　我一住想着这些，一住拿眼睛大量着马路上的每一
　　　　　　　个过路人。

（《小城忧郁》，页57）

　　例二十三　这鬼一住说一住眯起眼睛来，朝陈万身上贪婪地打
　　　　　　　量，……

（《新加坡屋顶下》，页117）

71　参祝晓宏《新加坡华语语法变异研究》（北京：世界图书出版公司，2016年），页
　　184。

72　参苗秀《从听故事到讲故事》，见苗秀《文学与生活》（新加坡：东方文化企业，1967
　　年），页151-156。其实，"一壁一壁"这关联词组，在另一位马华先驱作家——曾
　　圣提的散文中，也可看到。详细的分析，可参陈家骏《曾圣提〈在甘地先生左右〉
　　语言特色初探》，见陈家骏《文学语言论集》（台北：万卷楼图书公司，2018年），
　　页99-100。

　　例二十四　吃完加厘饭，燃起了支烟卷。一住悠悠然的喷着烟
　　　　　　　圈，一住翻看大埠寄来昨天的报纸。

　　　　　　　　　　　　　　　　　　　　　（《旅愁》，页172）

　　祝晓宏指出，新加坡先驱作家受近现代白话影响其巨。祝氏说的
极是。无论如何，苗秀语言的种种变异现象，会感人到怪异，很多时
候，是因为我们是从白话文发展相对成熟的今日，加以审视，才会有
这样的感受。

小结

　　马华文学的发展，早在二十年代末的马华文学，却有南洋色彩、
马来亚地方性文学、本地意识的拓展的提出[73]；据周宇分析早期马文
学概况，有这样的看法。他说："他们（20年代末的作家）在理论上
主张'把南洋色彩放进文艺里'，写华侨华人的南洋生活，在创作实
践上也身体力行，取材当地，关心当地社会的问题。遗憾的是，他们
的理论只是几句口号，创作成果显得苍白"[74]。马华文学的发展到苗
秀的时代，比起之前，对什么是马华文学，什么是南洋色彩，是再清
楚不过的。苗秀不但提出具体的理论，还将理论付诸于实践。土生土
长的苗秀坚信，文学要表现大众化特点，除了内容，语言更是不可或
缺的重要手段。方言词及一些流行于民间的马来语，苗秀便认为是可

---

73 关于马华文学的发展概况，可参杨松年《新马华文现代文学史初编》（新加坡：新
　　加坡教育出版社，2000年）；或黄孟文、徐迺翔主编的《新加坡华文文学史初稿》
　　（新加坡：新加坡国立大学中文系、八方文化企业公司联合出版，2002年）。
74 周宇《侨民文学・马华作家・新华文学——试论新加坡华文文学发展的三个阶
　　段》，见《文艺理论语与批评》，2001年，第1期，页114。

展现本地色彩的其中一种重要方法。不过，苗秀似是忘了，这类词语，要如何用得恰到好处才是关键。多用，或多得过头，很多时候并一定会取得很好的效果。不过，苗秀在作品里多番使用这些方言词及外来词，虽学界的褒贬不一，却恰恰是苗秀作品语言的一大特色，值得注意。

在分析苗秀的作品语言时，我们其实也不妨关注苗秀其他方面的用语特点。黎运汉在《汉语风格学》中便对作家的语言特色，做了如此评析："优秀的作家运用语言总是努力追求自己的个性的。……由于作家有个人爱用的、独特的表达手段，所以即使属于同一类型的不同作家的作品，也会呈现出不同各自的独特个性。"[75]黎氏所言，深中肯綮。苗秀对词语的使用，句子的如何提炼及建构的匠心独具，正是成就他个人风格及写作特色的一大要素。陈实在《苗秀前期小说的创作论》，如此总结道："苗秀在新华文学史上，是一个历史的环节，一头他继承了中华文学的优良传统，另一头他为新华文学作了开拓和启迪。[76]"这一番话，确实发人深省。无论如何，苗秀在语言运用上的特点，正为新马华文文学，起着承前启后的作用，应予以重视。

　　——本文有幸得到杨善才先生及新华文学馆借出许多宝贵的参考
　　　资料，才得以完成。在此不忘向杨先生及新华文学馆致谢！

---

75 黎运汉《汉语风格学》（广州：广东教育出版社，2000年），页478-479。

76 本文收录于苗秀《新加坡屋顶下》中。陈实《苗秀前期创作论》，见苗秀《新加坡屋顶下》（广西：丽江出版社，1967年），页270。

《苗秀〈新加坡屋顶下〉词语变异用法探微》

一

　　苗秀（1920-1980）是新加坡著名的已故作家[1]，一生充满传奇色彩。最为人津津乐道的，除了他的文学创作，还有他学习中文的过程。一般而言，新华作家之所以会走上创作的道路，不是家学，便是与其教育背景有关。如著名作家谢克、林锦等，本身就是华文老师，自幼接受传统的华文教育。而其他早期南来的写作人，如著名前辈作家曾圣提，其父便是清朝秀才[2]，家学渊源深厚。而在新加坡土生土长的苗秀，却未接受过正统的中文教育。与他私交甚笃的文友——刘笔农说他是"纵横于文坛上，一个从未正式接受华文教育，却用华文写

1　苗秀，原名卢绍权，广东三水人。他的父亲自黄花岗事件后便来到新加坡，并以卖画为生。苗秀出生于新加坡，早慧，自小喜欢中文。除了小说创作，他孜孜不倦，写了很多有关文学的评论文字及马华文学的研究、可谓著述等身。他用过的笔名，计有：文之流、军笳、夏盈、苗毅、庐军、宽村、闻人俊、史进、夏凝香、苍云、尤里、尤琴、尤毅、尤金、于进、笠夫等。关于苗秀的生平，可能是年代的关系，记得他的人较多，所以有关的记录也相当多。可参马仑编《新马华文作家风采（1875-2000）》（马来西亚柔佛：彩虹出版有限公司，2000年），页239-240；或陈世俊〈苗秀的生平及其著作〉，见新加坡文艺协会编《苗秀研究专集》（新加坡：新加坡文艺协会，1991年），页14-23。

2　有关曾圣提的作品及其作品语言特色的研究，可参陈家骏《曾圣提〈在甘地先生左右〉语言特色初探》，见陈家骏《文学语言论集》（台北：万卷楼图书公司，2018年），页75-103。

作。"的作家[3]。苗秀说当初选择接受英文教育，是他父亲的意愿。这样的选择，相信与新加坡是英国殖民地有关。受英文教育者，出路及生计，相信比起一般不谙英语的人要来的好。不过，因喜好文艺及文学创作，苗秀毅然走进中文创作的世界，也踏上与中文有关的行业。他在一九四八年到一九五〇年间，任职于《星洲日报》，担任文艺副刊《晨星》主编。一九七一年，他移砚至南洋大学中文系，任助理教授一职[4]。对于一位从未接受过正统华校教育，也没大学文凭的苗秀，他的成就，十分鼓舞人心，也引起人们的注意。

苗秀说自己对于华文的兴趣，始于父亲的教育。在他撰写的短文《从听故事到讲故事》，记录了这一轶事："我自幼并未进过中文学校，教我学会那些方块字的老师是我的父亲。我上午到英校上课，下午回家，由父亲教我学中文，自《三字经》起，读完……《论语》以后，父亲忽发奇想，拿陈蕴斋的传奇《燕山外史》当作教科书，每天教我去背。[5]"除了父亲的教导，苗秀本身更是努力不懈。谢征达说他的"华文写作是透过自修得来的成果"[6]，是一点也没错的。对文学的喜爱，应该是让他成为作家不可或缺的因素。他在同一篇文章中，便如此回忆："正在我精神上陷于极度苦闷的当口，是文学支持了我，并给予我慰藉。"而他如何掌握好写作技巧，则来自"讲古"的启发。他说："小时候，我爱听故事，特别是'大粒烟'那讲得有声有

3　刘笔农《再写苗秀》，见新加坡文艺协会编《苗秀研究专集》（新加坡：新加坡文艺协会，1991年），页47。

4　参马仑《新马华文作家风采（1875-2000）》（马来西亚柔佛：彩虹出版有限公司，2000年），页239-240。

5　参苗秀《从听故事到讲故事》，见苗秀《文学与生活》（新加坡：东方文化企业有限公司，1967年），页151-156。

6　谢征达直言不讳，说苗秀的中文是自学而来的。见谢征达《全能型作家苗秀》（《联合早报》，2018年11月8日）。

色的故事，轮到自己来讲故事的时候，却总觉得别扭，讲得不好，很少有令自己满意的，我因此很羡慕那位'大粒烟'讲故事技巧的高明。[7]"

除了喜爱创作，苗秀对文学创作理论，也十分热爱。收录在《文学与我》这本书中，有关文学创作或是理论的文章，计有：《论契诃夫戏剧艺术》、《论文艺与地方性》、《作家的抉择》等。似这样集文学理论及作品创作于一身的新加坡作家，并不多见。

因投身创作的行列当中，也让他更想了解新马华文文学的发展。他在《建立马华文学批评》一文中，直言不讳："在如何建立'马华文艺'运动的现阶段，我们必须建立起这种通过特定作品的具体文艺批评，……[8]"在他的努力探索及研究下，他完成了《马华文学史话》。在这部大块头的著作中，苗秀曾多次对马华文学的发展，提出精辟的见解[9]。这部书的出现，在马华文学的研究尚未普及的年代，受

7　"讲古"一如古代说书的行业。在早期的新加坡，可能因为资源及教育等方面的问题，阅读风气尚不普及，讲古人这一行业，便能提供许多人这一方面的需要，因而流行起来。他们或在码头，或在人来人往、人流频繁的街头讲故事，讲得好或不好，听众的多寡十分显然。苗秀在〈从听故事到讲故事〉便如是说："每个黄昏，吃过晚饭以后，父亲经常带我除外散步，……就在路轨旁边，每晚都麇集了各色各样的卖零食的小贩，走江湖卖铁打膏药的，吸引了无数的小市民……最惹人注目的是那几处讲古佬（注：佬：粤方言）的档口，每夜都重重围绕了热心的听众……他们是这个殖民地的颇具权威的人物，他们不但负起了向大众灌输知识的神圣任务，而且经常左右着公众舆论的。因为这些讲古佬在讲古以前，先讲一段时间当天的新闻，这些新闻当然是来自当天的'叻报'，《新国民日报》，《民国日报》，《南洋商报》等报纸。"见同注（5）。

8　见同注（5），页9。

9　苗秀在这本研究专著中，提出很多看法，对马华文学的研究起着重要的影响。例如当大家都认为马华白话文学，应是中国五四白话文运动出现的一年后才开始的，苗秀却提出这样的看法："……马华文学运动的开端，那决不是一九二〇年，时间还应该提前至少一年。"他在翻查旧报纸，逐段逐篇爬梳资料时发现："一九一九年十月在新加坡创刊的新国民日报，它的副刊《新国民日报杂志》上便出现白话文的

到瞩目，是可想而知的。苗秀到南洋大学执教，主要教授的，正是马华文学。芭桐在与苗秀所做的访问中，提到苗秀在南洋大学教马华文学一事时，苗秀说："南大何时开始设立马华文艺这一课程，我也不大清楚，但目前有一个可喜的现象：选修这一科的同学异常踊跃，连非中文系的同学也多有选修的……"[10]由此可见，苗秀在马华文学的研究上，是受到肯定的。

苗秀虽终其一生没进过华校，但却以中文创作，硕果累累，在新马文坛上，更占据重要的位置。潘亚暾、汪文生《海外华文文学名家》一书指出："苗秀在新华小说史上占有显赫的一席位。"[11]不过，关于苗秀的研究，却十分匮乏。朱崇科曾语重心长地说过："相较于其相对丰硕的产出，有关苗秀的研究可谓差强人意"，在对比另一重要人物——新加坡文学家方修，苗秀"在身后却是相对落寞的，总觉得低人一等。[12]"其实，早在一九九九年，刘笔农在新加坡文艺协会出版的《新加坡已故作家——苗秀小说选》，已剀切地道："为了编选'已故作家文艺丛书'，曾刻意搜集过被选定的六位已故作家的作品，即苗秀、姚紫、赵戎、杏影、李汝琳及刘北岸，使我深深体会到我们的出版工作做得实在不好，连这么著名的大作家的作品，居然这么难找，有好几种是几经波折，才从一位热心新华文艺的收藏家那儿借到，真是得来不易。"[13]为何难找，究其原因，是因为研究的

作品，……"在当时相关研究尚未发达，资料有限的年代，苗秀的研究成果，自是受到瞩目。可参苗秀《早期的马华小说》，见苗秀《马华文学史话》（新加坡：青年书局，2005年），页52-84。

10 见芭桐《英校出身的华文作家——与苗秀一席谈》，见同注（3），页37。

11 潘亚暾、汪文生《海外华文文学名家》（广州：暨南大学出版社，1994年），页233。

12 朱崇科《论新华作家苗秀作品中的本土话语》，见《香港文学》，2019年第2期，总410期，页79。

13 见刘笔农写于《新加坡已故作家作品集——苗秀小说选》的〈序〉（新加坡：新加

人少，经过十年的时光推移，这现象还未改善。朱崇科所说的一番话，不禁让人沉思。有关苗秀的研究，诚如朱氏所言，首推新加坡文艺协会出版的《苗秀研究专集》。不过，这本书所收集的文章，多是对苗秀作品内容、时代背景及人物的刻画，所进行的分析；对于苗秀的用语特色，虽稍提及，却多是关注其粤方言词语，或是粤语表达的使用[14]，至于苗秀其他方面的用语特点，讨论的不多。黄孟文在《新加坡华文小说的发展（一九一九—一九九〇）》一文，特地指出：苗秀在遣词造句方面，很能表现出他的特色。他只列举一二例说明，稍嫌浅尝辄止[15]，但是对后来的研究者，却有相当大的启发。本文主要是以苗秀著名的中短篇小说集《在新加坡屋顶下》作为研究的对象[16]，一探其作品中词语的变异特点。

坡文艺协会出版，1999年），页8。2020年上旬，新加坡早报记者张曦娜撰文抒发她对苗秀研究不足的看法。她在文章一开始便这么写道："今年为中国作家汪曾祺诞辰100周年，《百年曾祺：1920-2020》就在3月5日汪老的百年冥诞这天问世了。毕竟是一个有文化积累的国度，对文学与作家的尊重有自己的方式和态度。我在发新闻稿给同事的时候，倒想起了同样已经去世的本地作家苗秀。"对苗秀研究的不足，她最后便借朱崇科评论苗秀的一句话，道："至于朱崇科在开篇指出，'新华文坛是相对健忘而且功利的'，我们姑且受教，有则改之，无则加勉。"措辞虽委婉，却也提出了批评，更带有感慨。见张曦娜《百年苗秀》，《联合早报·四方八面》，12-3-2020。

14 苗秀认为方言词语是大众语言，文学既要反映生活，自然要用大众语言。也因此，苗秀的小说中，出现大量的方言词语及表达。因为篇幅的关系，有关方面的讨论，会另辟一文，相加剖析。关于苗秀大众语的观点，可参苗秀《写给一位青年的信》，见同注（5）。

15 这篇文章收录于黄孟文《新华文学评论集》（新加坡：云南园雅舍，1996年），页19-21。

16 这本小说集于1987年结集出版，收集的作品共六篇。多完成于建国前或是建国初年，未出版时，已受到瞩目。许多评论苗秀作品的文字，必定会举这一本小说集子中的小说为例，并加以说明。新加坡国立大学中文图书馆的新加坡华文作家简介中更补充了一点，谓这本小说中所收的中篇《新加坡屋顶下》，还曾译成日文，在日本发行。可参新加坡国立大学图书馆的网上简介。链接：http://www.lib.nus.edu.sg/chz/chineseoverseas/oc_mx.htm

二

郑远汉论及作家语言中时指出，严格遵守词汇或是语法的规范固然重要，但有意"违反"，也应加以注意。他将这两种表达概括为：规范性文字、变异性文字表达。郑远汉深中肯綮地指出这两种表达，其实都应进行深入的研究，以看出作家语言特点。[17]苗秀在词语的运用上，或词义的转变，词性的变用，词语的超常搭配，或是自创新词，甚或是量词的变异用法，都有其特色，值得探究。

（一）词义的转变

赵戎在分析苗秀的语言文字时，曾如此评析道："普通文章只讲求文法通顺，流畅便算数，但是一个成功底作家，他是创造新辞藻，新方法的，使作品底内容突出，活泼和崭新。"[18]赵戎所言，一言中的。苗秀便常改变词义，令人耳目一新。以下所列例子，便是词义的转变。请看：

例一　　我谁说生了病，……挨点木薯跟甜菜有什么要紧，……

（《小城忧郁》，页1）

例二　　"我看你以后还是少出门，犯不着再碰在他姓查的手里，……"

（《小城忧郁》，页52）

---

17 参郑远汉《修辞风格研究》（北京：商务印书馆，2004年），页138-141。

18 赵戎《苗秀论》，见新加坡文艺协会编《苗秀研究专集》（新加坡：新加坡文艺协会，1991年），页243。

例三　　　"广利"进来生意清淡，头家（老板）把他歇了。

　　　　　　　　　　　　　　　　（《新加坡屋顶下》，页102）

例四　　　她赛赛想到昨儿晚上的遭遇，嘴犄儿就吊了一个微
　　　　　笑，……

　　　　　　　　　　　　　　　　（《新加坡屋顶下》，页74）

例五　　　淡黑的天，依然淌着雨流，……

　　　　　　　　　　　　　　　　　　（《愁旅》，页173）

例六　　　罗里车开动了，这凄清的送殡的行列，就在细雨纷纷
　　　　　中，朝城外坟场进行。

　　　　　　　　　　　　　　　　　（《小城忧郁》，页4）

例七　　　……可是这讨人厌的雨天却偏生跟我作对，只好困顿
　　　　　在这小屋里。

　　　　　　　　　　　　　　　　　（《小城忧郁》，页3）

例八　　　……陈万这小伙子的影子，老是出现在她的脑膜里，
　　　　　她想抹也抹不掉。

　　　　　　　　　　　　　　　　（《新加坡屋顶下》，页95）

　　例一的"挨"，在这里除了指"吃"，还带有就只能吃这些，暂
时止饥的意思。例二的"碰"，在这里是说不要在落入敌人的手里，
不然下场堪虑。为何选用"碰"，这里或多或少带有不小心碰见的意
思，提醒对方应提高警觉；也因此，苗秀说"碰在他的手里"，便带

有特别的含义。例三的"歇"字也用得有趣。"歇"在这里是指裁退。遭人解雇，在未找到新工作之前，自然要在家"歇"着。读后，让人莞尔。例四的"吊"，指"微笑"。为何是"吊了微笑"？这是指两边嘴角上扬，犹如"吊起"，形象色彩顿生。苗秀似乎常用"吊"来突显形象色彩。兹举二例补充：

例四之一　……吊着一缕头发的前额，……

（《愁旅》，页169）

例四之二　……，在椰油灯的黄焰燃着那根吊在嘴犄儿的烟卷。

（《愁旅》，页178）

例四之一的"吊着头发"，也用得特别，不说浏海"垂下"，却说是"吊着"，便十分形象。例四之二的"吊＋烟卷"，更是生动描绘了一副痞子咬着香烟的模样。

词语的变异使用，是为了制造有别于一般的效果；因不常见，而显得突兀。如例五的"淌着雨流"，我们一般会说"下着雨"。"淌"多指流动的意思。这里明显是在描写雨水将停不停，断断续续地下着的情景；这也是热带岛国常见的现象。例六的"进行"也是如此，苗秀舍"出发"而用"进行"，是借"进行"时，带有慢慢前行之意，而这正适合形容灵柩运到坟地的样子。例七的"困顿"，本指精神状态，这里却指因特殊原因，而给"困在"这里。因受困其中，而心生"困顿"也是可以理解的。例八的"脑膜"本是实指，这里却将之变成抽象词语，指的是"心上"或是"心中"，自然也因用法特别，因异生姿。

（二）词义的扩大或缩小

有时，苗秀特意将词义，或是扩大，或是缩小，以制造效果，十分值得一提。且看：

例九　　她赛赛也准备破了一点钞。

（《新加坡屋顶下》，页86）

例十　　嘿，我马上拢了眼皮，佯装睡了的样子。

（《小城忧郁》，页3）

例十一　陈万转了个侧……

（《新加坡屋顶下》，页107）

例十二　虽说这日子宪兵部的大搜捕，没有光顾到我的郊外的山芭来，……

（《小城忧郁》，页44）

例十三　我虽说生了病，可还是结结实实的男子汉，……

（《小城忧郁》，页1）

例十四　我开始动摇了，喷了个烟圈。

（《小城忧郁》，页56）

例十五　病人……颤危危地指点着自家的腰眼，……

（《上一代的女人》，页226）

例十六　……居然还出卖着这些新文学书籍，我想……

（《小城忧郁》，页57）

例十七　尽管这家伙老是调皮放肆惯了，在丽子面前，有时也得矜持几分。

（《小城忧郁》，页8）

例十八　他老摇了摇脑袋，两只深阴的眼睛闭拢了来，……

（《小城忧郁》，页49）

例九的"钞"，词义明显是扩大了。这"钞"并非实指，而是指抽象的钱财。例十的"拢"，《全球华语大词典》解释为"闭合"，并举出许多词语搭配，不过，并无"拢眼皮"的用法。似这样的例子，在苗秀作品中并不乏见。兹举三例补充：

例十之一　可是这鬼趁着三分酒意，一见了我就离开座位，向我拢来，……

（《女职员日记抄》，页243）

例十之二　经理的眉头拢了起来，转到我这边来，……

（《女职员日记抄》，页243）

例十之三　他堂兄弟的眉毛拢了起来，搭讪地安慰她几句，……

（《上一代的女人》，页225）

例十之一的"拢"指的是欺近身来；而其他二例的"拢"则指皱

眉头。"拢"的意思及用法，明显有了扩大。

　　例十一的"侧"，一般用作动词或形容词，例如说"侧过身子"的"侧"，便是动词；"侧面"的"侧"则是形容词，却没有"转个侧"的用法。这里的"侧"是指翻转身子，似这样的用法，也十分特别。例十二的"光顾"本只是用在商店，或是商行，不过，这例子的"光顾"则扩大到指日军搜查的范围。这样扩大词义的用法，或多或少含有讽刺的作用。例十三的"结结实实"，本指身子结实，或是壮硕，而这里的"结结实实的男子汉"，除了指身子，还指行为、举止，甚至是胆识、态度。总之是说像他这样一个"男子汉"，是不会让一点小病给打倒的意思。似这样的用法，饶富趣味性。

　　有时，苗秀也故意将词义缩小。这样的用法，乍读时，颇让人感到突兀。如例十四的"动摇"，乍读时还以为是指"信心受到动摇"，结合上下文之后，这才发现这里仅指改变了主意。例十五的"指点"，也非我们常说的"指点迷津"；这里的"指"和"点"，回复到了词语的本义。同样，例十六的"出卖"也不是我们一般常用的"出卖他人"的"出卖"，而是还原"卖"的字面意思。这里是指文中主人公在市区的路上乱逛时，无意间找到这家书店，看到书上所"卖出"的书籍，林林总总。

　　例十七和十八，因用法上的改变，词义也相对地调整了。如例十七的"矜持"，是指男主人公"软"收敛了自己促狭的行为举止，而非指女性的"矜持"那般复杂的含义。例十八的"深阴"本指阴暗或是昏暗。唐代诗人韦应物的《鼋头山神女歌》便有这么两句："阴深灵气静凝美，的砾龙绡杂琼珮。"我们可如此解说，阴深是指昏暗、不明。但是苗秀在使用时，说的却是男主人公"软"的神色阴沉。软力查找日据时陷害他的汉奸不果，回家后心情郁闷，从表情便能看出。

（三）转类

苗秀有时还刻意改变词性。这样的表达，突兀启端，引人注意。
兹举例子若干，加以分析。请看：

例十九　赛赛赶快一歪屁股顿了下去。

（《新加坡屋顶下》，页79）

例二十　兀的，惨淡的灯光下，有一人横了过来，……

（《新加坡屋顶下》，页94）

例二十一　她老在一家同乡开办的慈善医院里一躺就是大半
年，浑身肿胀，黄得淌出水来。

（《上一代的女人》，页230）

例二十二　"喂，拦住！拦住！"（马来语：慢点）
一面嘎着嗓子嚷着，一面扑上去。

（〈新加坡屋顶下〉，页82）

例二十三　……跟我这个不肖的儿子带给她无穷的负荷……

（《小城忧郁》，页3）

例二十四　……一种沉重的气氛笼罩了我们全体。

（《小城忧郁》，页6）

例二十五　……，但两只善于表情的眼睛却不时透露了这灵魂
　　　　　的一角，……

（《小城忧郁》，页32）

例二十六　……末了还向他抱歉。

（《小城忧郁》，页6）

　　例十九的"歪"字的，是形容词改为动词的用法，其来有自。著名的古典白话小说《红楼梦》便出现过这样的用法，而且还引起修辞学界的关注[19]。《红楼梦》中的"歪"，多指坐姿随意，而非危坐正襟。同样，苗秀改变了"歪"的词性，目的也是如此。例十九的"歪"便是指妓女赛赛坐下时的姿态，体态婀娜。例二十的"横"也是把形容词改成动词，指一个人从"从另一边走过来"。这样的用法，在苗秀作品中，时可见及。以下另举二例证明：

例二十之一　来人在她老面前横了过去了……

（《新加坡屋顶下》，页94）

例二十之二　……于是，我们横过了一段林荫道，……

（《女职员日记抄》，页240）

　　上举二例的"横"都是指"打横走过去"，却特点各异。例二十之一强调的是打眼前走过；例二十之二则是强调穿过树林。有时，作

19　关于《红楼梦》中改变词性用法的文章，并不乏见。其中关于"歪"的修辞特点，可参陈家骏《〈红楼梦〉词语活用现象探微》，见陈家骏《文学语言论集》（台北：万卷楼图书公司，2018年），页121-132。

为动词使用的"横"，苗秀也用来指"斜眼瞪视"。且看以下这一例子：

例二十之三　危眼睛横一横着镀金牙的，……

（《愁旅》，页169）

上举例子的"横一横"指"瞪视"。

例二十一的"黄得……"的"黄"也是形容词变动词的生动用法。文中的女主人公疑是换上黄疸病，肤色发黄，还因此出现身体肿胀的现象。"黄得"怎么样了，其实是众人的观感。有时，词性的临时改变，更能令行文增添姿采。例如苗秀把颜色词"绿"变成了动词，修辞色彩顿生。且看：

例二十一之一　这晚风翻过绿油油的水波，绿进了古城的老旧街巷来，刮得满城沙尘仆仆的。

（《愁旅》，页179）

这与王安石的"春风又绿江南岸"，有着异曲同工的作用。

例二十二的"嘎"本为拟声词，这里却作为动词。"嘎"着嗓子，即指拔尖嗓子说话。例二十三的"负荷"多做动词，这里却当作名词，旨在起强调的作用。例二十四的"全体"，多用来修饰"人员"，这里则是直接把"全体"当作名词使用。

例二十五的"表情"则是名词化作动词，指双眼灵活、灵动，好像会说话一样。例二十六的"抱歉"一般多作为名词使用，例如说"感到＋抱歉"，这里的"向他＋抱歉"，便是把"抱歉"变成动词。从白话文日趋成熟的今日，返身看这些词语，因用法有别，因而让人感到怪兀。

（四）词语的超常搭配

此外，在词语的搭配上，也可看出苗秀的巧思妙想。兹举例子若干，加以说明。请看：

例二十七　但这当子港口那边轰起了一片喊声："抢野！抢野！"

（《新加坡屋顶下》，页154）

例二十八　……仆仆的风砂，替市街涂上苍老的面容。

（《小城忧郁》，页31）

例二十九　……这厌倦的季节，……却带来了深深的哀愁。

（《小城忧郁》，页4）

例三十　……又回复了先前那热烈的战斗生活，……

（《小城忧郁》，页2）

例三十一　……可见两个多月来的缠绵症疾对我健康有了多大的损害。

（《小城忧郁》，页3）

例三十二　……，形成庞大的合唱队。

（《小城忧郁》，页9）

例三十三　我想，这个小城这当子光剩下一个正式的医生的行
　　　　　　医，……

（《小城忧郁》，页23）

例三十四　牛背上驮了晚霞，……

（《小城忧郁》，页31）

例三十五　时不时打侧门荡进来一阵阵打河上吹来的熏
　　　　　　风，……

（《小城忧郁》，页47）

例三十六　……似乎已经打动了丽子这妮子她那丰富的同情
　　　　　　心。

（《小城忧郁》，页22）

例三十七　这雨季期半瘫痪了的大街，是那么冷冷清清的。
（《旅愁》，页175）

　　例二十七的"轰"有时可做拟声词，有时也可作动词，但是用来
形容噪音乍起，且带补语"轰＋起……"，这样的表达，便不常见。这
样的用法，应属超常搭配。同样，例二十八的为市街"涂上＋苍老的
面容"，也应是超常的用法。似这样的用法，十分有想象力。例二十
九的"厌倦＋季节"运用的是修辞中的移就手法。"移就"指的是将
人的主观情感，附加在所要描摹的非生命的物事上。韩荔华说这是一
种有"较强主观性"的用法，并进一步指出；若这种偏正搭配的用

法，其特定语境消失了，这一词语移用的临时搭配也将随之消失[20]。不过，韩氏似是少了介绍，这类用法，很多时候还能带出抒情的效果，让行文充满了浪漫的情怀。苗秀便善用这类移就的手法，在行文中夹杂使用，富有浓厚的文人气息。兹举四例补充：

例二十九之一　但在新加坡，还有更沉郁的记忆。

（《愁旅》，页189）

例二十九之二　……打发着发霉的日子。

（《小城忧郁》，页4）

例二十九之三　夜色愈来愈凝重，一阵冷风吹过来，……

（《新加坡屋顶下》，页97）

例二十九之四　……现在连一点微薄的希望也告吹了，……

（《愁旅》，页180）

例二十九之一的"沉郁的记忆"是主人公"危"所认识的一个女孩的记忆。且看苗秀如何描写："那大都市埋葬着她的欢乐，也埋葬了她的哀愁，那儿有着她一段悲壮的生活。……她常常到加东海滨一带，躺在细软的沙滩上看海。这澄碧的海水，埋葬了一个十几岁女孩子的美丽的幻梦，也渗混了她的泪滴……"。"沉郁"多用来形容神情（见《全球华语大词典》）。从上举的描绘中，可见这段往事之所以"沉郁"，有其缘起。例二十九之二的"发霉"，若是按规范用法，

20　韩荔华《汉语修辞技巧教程》（天津：华文出版社，2005年），页170。

一般也不会与"日子"搭配。这里是强调男主人公因病回家休养，而沉闷的乡下生活，让他生闷。苗秀形容男主人公此时的感觉是"发霉的日子"，便不难明白。例二十九之三的"凝重"多指神色；不过，这里却是指夜已深了。例二十九之四的"微薄"指的是文中的林铁山四处找钱，却没有着落，随后希望自己行乞的朋友能带点吃的回来。但这微薄的希望最后却落空了！他的希望其实很简单。苗秀说这是"微薄的希望"，当然也可写得更白话、更口语，不过这么一来，抒情的效果可能会因此大打折扣。

例三十的"热烈＋生活"也用得奇怪。这里的"生活"指的是男主人公以往参与的抗日活动的日子，十分轰轰烈烈。这里说他的生活十分"热烈"，应是恰当的。例三十一的"缠绵"一词，一般的用法，多指感情缠绻；不过，这里却用来形容久治不愈的疟疾，因难以根除，主人公只好自嘲地说是"缠绵疟疾"，十分逗趣。例三十二的"庞大的合唱队"，则十分夸张，无论合唱队再怎么"大"，也不会是"庞大"的。这是因为这合唱团不是人，而是蛙鸣声。原文是"天完全黑了，白天落过阵雨，河边的青蛙开始噪聒起来，形成一个庞大的合唱队。"在夜间听过蛙鸣噪聒的人，应能感同身受。那种铺天盖地的蛙鸣声之震撼，用"庞大"来形容，也不为过。例三十三的"正式＋医生"，也用得十分刻意。这里会说"正式"，主要是在抗日期间，有执照的医生不多，在此便是有意的强调。例三十四的浪漫色彩浓郁，不说牛与晚霞构成一幅乡间景象，却运用巧思，说是牛背上驮了晚霞，修辞色彩顿生。似这样的手法，还可见于别处，兹举一例补充：

例三十四之一　　……外头的马路上巴示车（今日写着：巴士车）
　　　　　　　　驶过一辆又一辆，我的睡意很快的给驮走了。

　　　　　　　　　　　　　　　《女职员日记抄》，页238

上引例子中的"我的睡意很快的给驮走了"是超常搭配，应是承接上一句而来的，也同时兼具拈连的特点[21]。无论如何，这样的用法，效果显著。

例三十五选"荡"与"熏风"搭配，而弃用"吹"，也是取其所营造的画面美感。例三十六的"同情心"，其实可不必加修饰语"丰富"。这里应是刻意强调丽子的易于心动、易于动情。例三十七则用"瘫痪"直接描写大街。大街为何"瘫痪"？遂让人多了一份想象。

（五）自创新词

此外，为了表达上的需要，苗秀匠心独运，自创新词。这类苗秀自创的新词，有些是名词，有些形容词，数量虽不多，仍值得一提。且看：

例三十八 ……大伙儿还得攀登陡削的山坡……泥泞没膝的芭洋，……

（《小城忧郁》，页2）

---

21 关于粘连辞格的使用，许多修辞学著作多是说上一句的"动词"，粘连到下一句中。例如吴礼权：《现代汉语修辞学》便直言："把适用于某一事物的词语由此及彼地牵连搭挂到另一事物方面以追求某种独特效果的文本模式。"见吴礼权《现代汉语修辞学》（上海：复旦大学出版社，2006年），页192。像上举例句的"我的睡意很快的给驮走。"上下两句，其中承接的关系，十分明显，应可视为是"概念"上的粘连。"似这样的用法，在鲁迅著作中也可看到。如："那船便将大不安载给了未庄，不到正午，全村的人心就很动摇。"鲁迅《阿Q正传》第七章。下一句的"动摇"，即是承接上一句的"船……载给了"而来的。苗秀的用法虽非独创，但因用法有别于以往，不妨一提。

例三十九　她急着要去水仙门找那个晚晚来黑色巷向姐姐淘收
　　　　　　"包爷费"（保证费）的臭卡（私会党）鬼头德。

（《新加坡屋顶下》，页73）

例四十　我怀着极大的娱味读着夏霜的文章。

（《小城忧郁》，页49）

例四十一　可是隔了几天，经不起同屋那些旁人的横言横语，
　　　　　　她老又改变了主意，……

（《上一代的女人》，页225）

例四十二　卖加厘饭的吉宁鬼早跳了起来，七手八脚的弄好一
　　　　　　碟加厘饭，一小碟菜，笑迷迷的端给那女的。

（《愁旅》，页171）

例四十三　这个黄昏，她在广合源街尾的街边饭档上，三扒两
　　　　　　拨吃过饭后，便跳上在"大世界"的公共巴士车。

（《新加坡屋顶下》，页107）

例四十四　这鬼在梦中还不断匝匝嘴。

（《愁旅》，页169）

例四十五　……不得要领，又沉沉的困着了。

（《愁旅》，页70）

例四十六　……他粗鲁地骂了一句臭话什么的，……

（《新加坡屋顶下》，页107）

新马一带，常把未经开垦的，杂草丛生的郊区称作山芭。例三十八的"芭洋"便有比喻的特点，指满山的野草丛生，如同大洋一般。例三十九的"姐姐淘"也用得有趣。今日说好姐妹是"姐妹淘"，但这里的"姐姐淘"虽也是在指好姐妹，却隐含了对方的年龄已不小的事实。这些年纪比赛赛年长的女性，在她走投无路时，无论是要如何养家活口，或是生活经验上的指点，都的而且确地帮了她。例四十的"娱味"便疑是"娱乐味道"的缩略。"娱味"在这里应是指饶富趣味，有看娱乐新闻的心态。苗秀的自创新词，有好一些便疑是使用了这样的方法。兹举二例为证：

例四十之一　可是我仍旧时不时听到隔房丽子的睡床发出响声。

(《小城忧郁》，页2)

例四十之二　由于我们隔芭的那一个一副好心肠的邻居王婶陪伴着。

(《小城忧郁》，页4)

上举例子四十之一的"隔房"，《全球华语大词典》只收一个解释，即"不是同一房"，指的是大家族中的亲属关系。但例句里的"隔房"却是指隔壁房间。例四十之二的"隔芭"，也是如此，指的是隔壁"芭"，相等于我们常说的隔壁村。

苗秀的新词，有许多是用了"翻造"的手法。如例四十一的"横言横语"，是翻造自"冷言冷语"。"横"在这里有蛮横、嚣张、刻薄等意。相较之下，"横言横语"应比"冷言冷语"的内容更为丰富。例四十二的"笑迷迷"似是"笑眯眯"的别字，不过，看了下文，便知道"吉宁"（印度人的闽南话）服务的对象是为女性，这"笑迷迷"为何用"迷"，应是不言而喻。同样，在另一篇小说中，也可见到同样的用法。请看：

> 例四十二之一　我一推开玻璃门，经理笑迷迷的站起来，拖了
> 一把椅子，让我坐在这鬼侧边。
>
> （《女职员日记抄》，页236）

上举例子中的经理，其实是个大色狼。一看到漂亮的职员便"笑迷迷"。经理猥亵的人物形象，如立眼前。

例四十三的"三扒两拨"是指三两下子，便将饭给吃完。例四十四的"匝匝嘴"的自创色彩，显而易见的。据《全球华语大词典》的解释，"匝"可指绕道，或是满布的意思。这里的"匝匝嘴"却是指梦呓不断。例四十五的"困"也是苗秀常借用来代"睡"的词语。兹举二例为证：

> 例四十五之一　……没困晏昼觉，……
>
> （《新加坡屋顶下》，页97）

> 例四十五之二　陈万转了个侧，抱了毛毡打算再困一阵，……
>
> （《新加坡屋顶下》，页107）

例四十五之一的"晏昼觉"是方言词，指白日睡觉。例四十五之二的"困"，意思明显，无需赘言。

例四十六的"臭话"指"脏话"，这样的用法，便带有方言色彩。苗秀常在低下层人民的话语里夹杂使用这类词语，或借以带出人物身份的不同，或借以表现中主人公的爱憎。

三

　　赵戎便注意到苗秀所使用的量词特点。他说："比如他底文句里。'这支火绳！'不用'只'而用'支'字……[22]"赵戎的观察一点也没错。不过，苗秀作品中的量词，有许多与今日用法一般无异，但其中一些变异的用法，却相当特别，值得探究。请看：

　　例四十七　……开始攀登躺在山边的那匹小山，……

　　　　　　　　　　　　　　　　　　　（《小城忧郁》，页31）

　　例四十八　（丽子）只是一匹使人摆布的待罪羔羊吧了。

　　　　　　　　　　　　　　　　　　　（《小城忧郁》，页63）

　　例四十九　……爬上那条火警用的螺旋梯子上了二楼。

　　　　　　　　　　　　　　　　　　　（《小城忧郁》，页44）

　　例五十　赛赛抱着一团高兴到了大马路的海山街口下车，……

　　　　　　　　　　　　　　　　　　　（《新加坡屋顶下》，页73）

　　例五十一　……讨回这根派克金笔么？

　　　　　　　　　　　　　　　　　　　（《新加坡屋顶下》，页74）

　　例五十二　……，一边摸出一支双桃牌烟卷，……

　　　　　　　　　　　　　　　　　　　（《愁旅》，页171）

---

22 赵戎《苗秀论》，见见新加坡文艺协会编《苗秀研究专集》（新加坡：新加坡文艺协会，1991年），页247。

例五十三　　两支眼睛老师迷迷糊糊的，……

（《新加坡屋顶下》，页79）

例五十四　　这当子那个沙尘狗仔，整日价横躺在烟床上，吐雾
吞云，并且有了三个小老婆.虽说看起来还是那么
大条，可是肌肉却是黄黄的，快要融化了似的。

（《新加坡屋顶下》，页123）

例五十五　　陈万觉得非常难过，一颗鼻尖也是酸溜溜的，……

（《新加坡屋顶下》，页162）

例五十六　　──马上有一股白练般的阳光溜进房间里来，……

（《深渊的城》，页189）

例五十七　　童年在她是一片空白，没有一星儿的快乐的色彩。

（《上一代的女人》，页230）

例五十八　　……我横了横心，把信一下子投入火里，随即是一
阵猛烈的火焰，……

（《小城忧郁》，页72）

例五十九　　赛赛看见陈万这小伙子那一付眼巴巴的恳求她答应
的样子，实在忍了一肚笑，……

（《新加坡屋顶下》，页95）

五四作家的作品，曾出现过以“匹”修饰小动物的用法。例如茅

盾的《子夜》便出现过这样的例句："……只有曾家驹蹲在烟塌上像一匹雄狗"（《子夜》／《文集》卷3，页113）。之所以会出现这样的用法，是因为在魏晋时期，"匹" 是可以用来指体型较小的动物，只是用途不广罢了[23]。苗秀今日用"匹"来形容山及体型较小的羔羊，未免让人感到突兀。这里我们可以这么说，用"匹"形容山是为了表现山势之大，用"匹"形容羔羊，则可能是袭自古代或是五四作家作品中的用法[24]。

例四十九的"一条＋楼梯"，也用得怪异。一般来说，"条"多指细长、柔软的物件，如绳索等长条状的东西。用"条"来形容楼梯，虽然奇怪，但从远处看，新马一带的螺旋梯，环绕而上，确实会让人有这样的感觉。例五十的"一团"，则是把抽象的"高兴"具体化。例五十一用"根"来修饰钢笔，也十分特别，应是取钢笔既直且硬的"体型"特征。

例五十二用"支"来修饰扑克牌，例五十三用"支"来修饰眼睛，都十分特别。以"支"代"只"，似已成为苗秀的用语习惯。也因此，赵戎这才会认为这是苗秀个人的用语特点。例五十四用"大条"来修饰身材，应是粤方言的用法。例五十五到五十九的量词，明显是为了达臻修辞效果才会这么用的。如例五十五的"一颗鼻尖"，目的是突显所要描摹的对象——圆圆的鼻头。例五十六的"一股＋白练的阳光"，强调透屋里的阳光呈一大片。例五十七的"一星儿＋＋快乐＋色彩"，则是把无形的"快乐"化为有形。例五十八的"一阵

---

23 詹秀蕙《世说新语语法探究》（台北：台湾学生书局，1973年），页238。

24 苗秀曾撰文道出自己十分喜欢五四作家的作品，所以说他受到他们的影响，应是可以相信的。如苗秀的《记郁达夫》、《论曹禺的两部作品》，《谈文章》等，都以五四作家的创作作为讨论对象。可参苗秀《文学与生活》（新加坡：东方文化企业，1967年）。

＋火焰"，突显信件投入火中，火势骤烈的情形。类似这样能增强视觉和想象的生动用法，苗秀用得不少。如"一两丝的冷雨[25]"、"一股瀑布的发光的黑发[26]"、"一片凄厉的哭声[27]"等。例五十九的"一付"，明显应是"一副"，但苗秀却在多处该用后者的地方，选择前者。例如：

> 例五十九之一　……她到底吃出了一付青一色的"满贯"。
>
> （《深渊的城》，页210）

> 例五十九之二　这家伙一付马骝脸相，……
>
> （《新加坡屋顶下》，页79）

这是作家用语的选择；不过，我们也可当作是个别作家用语的甄引。

走笔至此，不忘一提的是，除了探究苗秀如何活用量词外，在一些不需要使用量词的地方，苗秀却用上了。例如：

> 例六十　那个包租婆老在埋怨病人那个堂兄弟干么还不见来。
>
> （《上一代的女人》，页223）

> 例六十一　那个躺着的，第二次动了动嘴，……
>
> （《上一代的女人》，页224）

---

25 原文："寒峭的夜风，送来一阵一阵的海啸，也夹杂了一两丝的冷雨，……"（《旅愁》，页178）

26 原文："……跟那一脑袋仿佛一股瀑布的发光的黑发"（《新加坡屋顶下》，页171）。

27 原文："这当子，街上飘来一片凄厉的哭声，……"（《上一代的女人》，页225）

"那个包租婆"的"那个"，其实是可以省略的。似如此刻意的用法，疑是受到粤语的影响。粤语常用"那个什么"或是直接说"那个"，用时省却后面所要修饰的中心词的用法，十分常见。在行文中，用上这样的表达，应视为是突显口语的作法。

小结

大体来说，文学语言是一门新兴的学科。苗秀作品语言中的词语变异的现象，有其特殊作用。冯广义即一语道出其中的奥妙。他指出，变异的探究，其实离不开言语的变异美；而言语变异美正是人们对言语表达的美感要求[28]。苗秀特意使用变异的语言，很多时候便有刻意求工的目的。

本文希冀能在文艺学和语言学之间寻求并建立种内部的逻辑关系，为新华作家的研究，提供一个新的视角。

关于苗秀对新华文学的贡献，陈实在《苗秀前期小说的创作论》一文曾如此道："苗秀在新华文学史上，是一个历史的环节，一头他继承了中华文学的优良传统，另一头他为新华文学作了开拓和启迪。也许，他某些创作观念和技法，对当代的新华文学不太适用了，但他的思想，他的精神，他的艺术品格，他的艺术追求和信念，都将成为新华文学的丰富遗产，为新华文学后人牢牢铭记。[29]"陈实所言，一言中的。苗秀的一些词语的运用，今天重读，或许似有不尽人意的地方，其实很多时候，是因为我们是从马华文学发展较为成熟的今日，重新审视的结果。除了是时代的印痕，也可以是作家语言独特的地

---

28 见冯广义《变异修辞学》（武汉：河北教育出版社，2004年），页6-14。
29 本文收录于苗秀《新加坡屋顶下》。见陈实《苗秀前期创作论》，页270。

方。无可否认，苗秀的创作，确实为新马华文文学的表达和叙事方面
的推进，起了一定的作用。

引用书目

陈家骏2018《文学语言论集》，台北：万卷楼。

冯广义2004《变异修辞学》（武汉：湖北教育出版社）。

韩荔华2005《汉语修辞技巧教程》，天津：华文出版社。

黄孟文1996《新华文学评论集》，新加坡：云南园雅舍。

马仑编2000《新马华文作家风采1875-2000》，马来西亚柔佛：彩虹出
　　　　版有限公司。

苗秀1987《新加坡屋顶下》，广西：漓江出版社。

苗秀1967《文学与生活》，新加坡：东方文化企业有限公司。

潘亚暾、汪文生1994《海外华文文学名家》，广州：暨南大学出版
　　　　社。

吴礼权2006《现代汉语修辞学》，上海：复旦大学出版社。

新加坡文艺协会编1991《苗秀研究专集》，新加坡：新加坡文艺协
　　　　会。

新加坡文艺协会编1991《新加坡已故作家作品集——苗秀小说选》，
　　　　新加坡：新加坡文艺协会。

詹秀蕙1973《世说新语语法探究》，台北：台湾学生书局。

张曦娜《百年苗秀》，新加坡．联合早报．四方八面，2020.3.21。

郑远汉2004《修辞风格研究》，北京：商务印书馆。

谢征达《全能型作家苗秀》，新加坡．联合早报2018.11.8。

朱崇科《论新华作家苗秀作品中的本土话语》，见《香港文学》，
　　　　2019.2，总410期，79-91。

姚紫《新加坡传奇》语言特色初探

一

　　姚紫（1920-1982年2月），原名郑梦周，出生于中国福建泉州，未来新加坡之前，曾任厦门《江生日报》编辑。一九四七年来新加坡后，先到道南小学及晋江学校执教，后来才转到报社工作。在报馆的这段时间，他初始担任的是《南洋商报》资料室主任兼编辑，先后或是同期主编了《家庭妇女》版、《星期六》周刊和《文艺行列》周刊，并办了一份周刊——《海报》。离职后，他创办"文艺报出版社"，并出版了《文艺报》月刊。过后，因客观因素，再加上政治原因，《文艺报》给勒令终止；紧接着，他又陆续创办了《大地》十日刊、《华报》周刊等刊物，同时还从事出版事业，创"天马图书公司"。间中有一段时间，他到吉隆坡任《钟声报》总编辑；不幸的是，该刊物在出版第十期即被令停刊。一九六九年，他应聘到《新明日报》，主编副刊《新风》，一直工作到一九七七年五月三十一日离职，前后共八年。在姚紫任职期间，他培养了许多本地热爱写作的年轻人[1]。一九八一年，他罹患癌症，仅隔一年便与世长辞。姚紫的一

1　姚紫逝世后，由新加坡文艺协会出版的《姚紫研究专集》，里头收集的几篇文章，提及这事。如新加坡知名作家蓉子在悼念姚紫的文章中，就这么道："姚紫之于我，有如恩施，……"蓉子还给其他受姚紫赏识，并加以提拔的写作者，取了一个新名词，谓他们是姚紫的"文徒"。"文徒"指的是姚紫培育的文学徒弟。当年受过姚紫提拔的年轻人，常常投稿，蔚然成一股"新风"，其中有许多更成为当代新加坡著名作家，目前仍活跃地本地文坛。有关蓉子的回忆，可参蓉子《忆新风话姚

生，一直与文字为伍，前文艺协会主席骆明即感性地说："姚紫的一生，是文学的一生[2]。"虽然姚紫也教过书，但他最喜欢的还是与出版有关的工作。吴蒙根据姚紫的口述，谓他自己一生中最快乐的时光，便是在《南洋商报》任职的时候[3]。黄孟文更直接赞他是著名的副刊编辑[4]。此外，姚紫一生，孜孜创作，创作了许多好作品。姚紫的第一部小说——《秀子姑娘》，曾因拍成电影，传为佳话[5]。当然，姚紫的许多小说，是当时的畅销作品，也是事实。

总的来说，在马华文学的发展史上，姚紫的贡献，不容忽视。林师万菁教授在《中国作家在新加坡及其影响（1927-1948）》特别指出，新马华作家中一些南来的作家，为新马文坛做出许多贡献，应予

紫》，见刘笔农主编《姚紫研究专集》（新加坡：新加坡文艺协会出版，1997年），页117-119。此外，姚紫给韦晕的私函件中，对于自己常提拔年轻作家一事，直认不讳。姚紫说："近两年中，我努力培养一些'新人'，……"。姚紫任编辑期间，努力栽培新一代的创作者，是肯定的。可参韦晕《狂侠与向禅》，见刘笔农编《姚紫研究专集》（新加坡：新加坡文艺协会，1997年），页88-89。

2　骆明《一个孤寂的身影——谈姚紫》，见黄惠龄、王烨主编《姚紫文学历程》（新加坡：国家图书馆管理局，2011年），页171。

3　姚紫的一生，横跨新加坡建国前后。姚紫认识的朋友也多，有关姚紫的生平记录及轶事，记载得相当详细。可参吴蒙《姚紫生平简介》，见刘笔农编《姚紫研究专集》（新加坡：新加坡文艺协会，1997年），页26-29。

4　黄孟文评论了当时杰出的作家，包括姚紫、苗秀、李汝琳等人。他在文中指出姚紫是名出色的编辑。而这也早已是不争之事。姚紫去世后，好些新加坡作家在悼念他时，除了感谢他任副刊编辑时的提拔和栽培，还叙述他当编辑时，对稿件的排版、印刷等方面认真之程度，简直是到了一丝不苟的地步。这些轶事，可参刘笔农主编的《姚紫研究专集》。有关黄孟文的评论，可参黄孟文《新加坡独立以来的华文短篇小说（1965-1990）》，见黄孟文《新华文学评论集》（新加坡：云南园雅舍，1996年），页30-31。

5　姚紫小说拍成电影，自然增加其知名度。不过，更为重要的是，姚紫的写作手法，无论是对人物性格的渲染和刻画，套句黄万华的话，为"南来作家创作模式提供演变的一种思路"。易言之，姚紫的写作手法，令人耳目一新。参黄万华《新马百年华文小说史》（济南：山东文艺出版社，1999年），页71-72。

以重视；而一些只来了一阵子，便离开的，不应与那些落地生根，在马华文坛上做出许多贡献的作家等同视之。[6]他的这一观点，虽然有学者认为似乎过于严苛，但事实也确实如此[7]。这些到新加坡安家落户的作家，不仅自身的成就非凡，还推动了马华文学的发展，起着承先启后的作用。苗秀在研究马华白话文学发展的时候，曾指出马华的白话文学创作，虽然仅晚于中国的五四文学几个月[8]，但早期南来的作家，却让白话文学在新马生根、发芽；而后来的南来作家，则让文艺创作开枝散叶。本地著名文学评论家赵戎明确地指出，"马华文学运动，完全得力于中国南来的作家们的大力推动，才有今日的成就。"[9]赵戎的话，深中肯綮。今日新华文坛能有此胜景，似姚紫这样的先驱作家，功不可没。

姚紫去世后，新加坡文艺协会为他出版的一本纪念文集——《姚紫研究专集》，里面收集了许多朋友的悼念文字；还有若干篇有关他作品的研究。这些研究，多是谈论其作品内容，对其在语言文字上如何巧妙的运用，论述得不多，让人扼腕。

本文拟以姚紫去世之后，由他的朋友为其出版的《新加坡传

6　见林师万菁教授《中国作家在新加坡及其影响（1927-1948）》（修订本）（新加坡：万里书局，1994年），页6。

7　郭惠芬在《中国南来作者与新马华文文学》中指出："由于林万菁博士对'中国作家'概念的严格界定，另有一批为数不少的南来作者无法列入其研究范围，因此本文作者拟以宽泛的'中国南来作家'概念，对中国南来作者在新马期间的文学活动进行总体研究。"郭氏的研究是整理出建国前出现过的作家及文学活动，林万菁研究的是南来作家的影响，研究的角度有别，有不同的取舍，是可以理解的。

8　苗秀在《早期的马华小说》里描述他在翻查旧报纸，逐篇逐段爬梳资料时发现："一九一九年十月在新加坡创刊的新国民日报，它的副刊《新国民日报杂志》上便出现白话文的作品，……"可参苗秀《早期的马华小说》，见苗秀《马华文学史话》（新加坡：青年书局，2005年），页52-84。

9　赵戎《论马华作家与作品》（新加坡：青年书局，1967年），页82。

奇》，作为本文研究的对象。《新加坡传奇》是一本在撰写上，较为奇特的小说集，全书共分二辑。第一辑由十二篇短篇小说凑合成一个完整的故事。故事男主人公小吉，外号"武吉巴兄"，因一次的仗义，帮一名女孩抢回她在巴士车上被偷走的钢笔而认识，最后成为情侣。不过，就在两人的感情趋于稳定，谈婚论嫁之际，却因男主人公没有自己房子而引发连串问题，最终因未婚妻有钱表哥的介入，导致两人分手。这小说既反映当时的住屋问题，还正面披露当时政府官僚的状况，十分写实。第二辑则由九篇短篇小说凑成，故事之间并没关系。总的来说，小说故事生动，读来惬意十分。这本书的写成年代较晚，文字也趋于成熟，应可一窥姚紫的写作特点。

二

批阅姚紫小说，不难发现他在词语的驾驭上，灵活十分，矫若游龙，变化多端。这也难怪研究姚紫作品的学者，对其作品做了这样的评价："文字流畅，富有形象性"[10]、"姚紫小说的语言，清新俊逸而又绮丽畅达。[11]"姚紫在词语的运用上，确实有其独特之处。最常见的，就有这四类：词义的改变、词语的超常搭配、自创新词、转类。这些词语的用法，一如郑远汉所言，因违背词语的正常用法，属"非语言"，在"修辞活动中制造并利用这样的'非语言'因素，令表达增添异彩。"[12]且看以下的分析：

---

10 参杨越《追求和追求中的懊恼——姚紫小说简论》，见刘笔农编《姚紫研究专集》（新加坡：新加坡文艺协会，1997年），页159。

11 参陈贤茂《论姚紫的小说创作》，见同注上，页175。

12 参郑远汉《修辞风格研究》（北京：商务印书馆，2004年），页121。

（一）词义的转变

词义的转变，可以是词义的扩大、缩小，或是词义的转变。在姚紫作品中常见的，多是"词义"的"缩小"及词义的改变。请看：

例一　……象一颗破绽了的石榴，美得带艳……同过去学生装束的她，简直判若两人。

（《他有一个"好"爸爸》，页48）

例二　但是，我的局势一天一天恶化了。

（《学店辱命记》，页85）

例三　接着，又一个男子，踏着漂亮的步伐过来，参加我们的座子。

（《我做了小姐的"跟从"》，页29）

例四　——在这人世间，偶尔看到一个美好的异性，每个年轻人都会生起爱慕之心。

（《扒手拳下开传奇》，页5）

例五　起初，我像花丛里采花的蜜蜂，东打转，西绕圈，每碰着一个女人，就注目一下；……

（《我做了小姐的"跟从"》，页34）

例一的"破绽"，据《全球华语大词典》的解释是："比喻言行上的漏洞"，是引申的词义。但姚紫用的却是词语的字面意思，指石榴裂开了；词义有了明显的缩小。例二的"局势"，《全球华语大词典》

指："某一时期内的政治、军事等呈现的形式"，多用在世界政局上。这里的"局势"，指的却是个人的处境。故事中的主人公"我"到一所学校执教，因教训了几名上课不专心的学生，校长于是"劝导"他，"看不惯的就干脆别吃这行饭"。自此，老师的威严扫地，其他学生看到他，也不加理睬。这里的"局势"，词义不但缩小了，更让人觉得有"大词小用"的特点。例三的"参加"，原本是指加入某个组织或活动，但这里只是指换到另一桌，词义也是明显地缩小了。例四的"美好"，一般指事物，这里却是指"人物外貌"，与"美丽"同义；同样，词义也是缩小了。例五的"注目"，《全球华语大词典》的解释是"目光集中在一点上"，给出的搭配是"惹人注目"或是"四海注目"。不过，例句中的"注目"，却已缩小到只有"看"的意思。此外，姚紫也常改变词义，突显陌生化效果，修辞色彩顿生。兹举例子若干，加以说明：

例六　　于是，公馆便发达起来，……

（《公馆与菜头》，页53）

例七　　那家伙反而安闲起来，从桌上拿了一根香烟，含口里……

（《扒手拳下开传奇》，页6）

例八　　老太太的做人很和蔼。

（《住屋的喜剧》，页14）

例九　　可是，那座大厦的装置不调和——外壳是西式的，却用中国古式雕花的圆窗，……

（《我有十万元的希望》，页43）

例十　　……惹出日本宪兵的势头，那可能砍头的！

（《戴绿头巾的英雄》，页68）

例十一　……索性把自己的感想，忠实地对她说……

（《住屋的喜剧》，页20）

例十二　我已走到街中了。心理紊乱地！脑中只存着一个意识。

（《他有一个好"爸爸"》，页52）

例六的"发达"，本指"事物得到充分的发展"（《全球华语大词典》），多指"交通"、"商业"，或是说"发迹"、"显达"。这里的"发达"，姚紫另添一义，指"普及"或是"兴盛"。正如小说中所描述的："苦闷的时候，一般人就上'公馆'去；两个人碰头可以谈天说地；三个人碰头可以发噜唆，谈女人，讲生意；四个人碰头是一场麻将；五个以上的人碰头，则麻将桌边，至少有一个热心的观战者……"这类公馆或许是生活苦闷的人多了，便如雨后春笋般出现，甚至是越来越普及。这类公馆一般是有会员制的，会员多了，公馆的发起人或许会因此"发达"也说不定。若是如此，姚紫说公馆的普及，是公馆"发达"了，就甚值得玩味。例七的"安闲"，本指安适、恬静，多指生活。这里却只是用来形容一个人很安静，话不多。例八的"做人"也用得有趣。一般来说，"做人"多做形容词，指待人处事。反观这里的"做人"，却变成了名词，词义也有了变化，特指一个人的品性。例九的"装置"，《全球华语大词典》的解释是："指构造比较复杂并具有某种独立功用的机器或部件"，这里却是指"装潢"或"家具设计"。例十的"势头"，《全球华语大词典》的解释，是指"形势"或"势力"。不过，这里显然无法作如此解释。这里应是指"惊动了日本军方"或是"引起日本军方的注意"。例十一的"忠实"，本指个性或品格，这里却摇身一变，变成"实话实说"。例十二的"意识"，《全球华语大词典》的解释是："感觉、思维等心理过程"，这里却只是指"念头"。这些词语的词义一经改变，乍读时，即引起注意；一些更在我们读后，细加思考，方能体会其中奥妙，十分有趣。

（二）自创新词

王希杰指出，文学家在语言运用方面可以有"创造性"。他进一步指出，这是因为文学家能把一种语言的潜在的可能性最大限度地发挥出来[13]。姚紫在自创新词的这一方面的特点，应是王希杰提及的，对语言的"创造性"。且看：

例十三　于是，她引着我，挤向椅缝去。

（《我讨"政府"的房子》，页36）

例十四　闲暄中，我只是唯唯诺诺地，让老朱去应付。

（《我有十万元的希望》，页43）

例十五　她气急地指着前面那个身穿白衣奔跑着的男子叫："他！就是他！"

（《扒手拳下开传奇》，页6）

---

13 参王希杰：《修辞学导论》（杭州：浙江教育出版社，2000年），页87-88。

　　姚紫自创新词的方法有三：一类为自行创造；一类是仿拟；一类是缩略。例十三的"椅缝"，应是他所自创的。"椅缝"指摆放的椅子很多，人们只可在椅子间小心地穿过。姚紫还用这方法创出"人缝"这样的新词语。请看：

　　例十三之一　　车上搭客很拥挤，好容易挤了上去，手攀着杠，站在人缝中。

　　　　　　　　　　　　　　　　　　　　　（《扒手拳下开传奇》，页5）

　　例十三之二　　我明白这是什么一回事，竟然兴起傻劲，排开人缝，跟着追下去，……

　　　　　　　　　　　　　　　　　　　　　（《扒手拳下开传奇》，页6）

　　例十三之一和例十三之二的"人缝"一词，十分突兀。

　　例十四的"闲暄"，应是仿自"寒暄"。"闲暄"除了指聊天，这里还加入了"说一些无关紧要的闲话"，借以打破相对无言的尴尬场面。似这类仿造的新词语，还有以下这些：

　　例十四之一　　有一夜，几个醉颠颠的家伙，带了一辆新式的开蓬汽车来，在她窗下又叫又嚷，至少按了十五分钟的喇叭，把整条街都闹醒了。

　　　　　　　　　　　　　　　　　　　　　（《住屋的喜剧》，页18）

　　例十四之二　　只得再回到原来的地方，咽声吞气地等那些大人们高兴了，我才敢开口。

　　　　　　　　　　　　　　　　　　　　　（《我讨"政府"的屋子》，页25）

例十四之三　她一见我来，妖声妖气地噎着;……

　　　　　　　　　　　　　　　（《学店辱命记》，页87)

例十四之四　他讲得兴奋起来，手指足划，唾沫纷飞。

　　　　　　　　　　　　　　（《我有十万元的希望》，页42)

例十四之五　她们仿佛向我量头量尾，时而发出嗤嗤的笑声。

　　　　　　　　　　　　　　（《我有十万元的希望》，页44)

例十四之六　我的身子一粟，瞪目哑口，手里的酒杯，几乎吓
　　　　　　　得掉下去——

　　　　　　　　　　　　　　（《我有十万元的希望》，页45)

例十四之一的"闹醒"，应是脱胎自"吵醒"。作者在这里刻画一群
纨绔子弟，于夜深人静时，开着车子叫嚣，故意制造吵闹声，扰人清
梦，把人"闹醒"十分传神。例十四之二的"咽声吞气"、例十四之
三的"妖声妖气"、例十四之四的"手指足划"、例十四之五的"量头
量尾"、例十四之六的"瞪目哑口"，其实仿自何处，有迹可循。
"咽声吞气"仿自"忍气吞声"；"妖声妖气"仿自"妖里妖气"；
"手指足划"仿自"手舞足蹈"；"量头量尾"则是仿自"彻头彻
尾"；"瞪目哑口"是仿自"目瞪口呆"。姚紫仿照之后，有些词语
的意思，也有了些变化，有时更是赋予新义。"咽声吞气"的意思，
同"忍气吞声"，但"我"为何要把声音也咽下，只因为了申请房
子，能早日同未婚妻结婚，面对政府人员自大的工作态度，让原本想
发脾气的"我"，硬生生地把"情绪"吞下。无奈之情，溢于言表。
"妖声妖气"，强调的是说话声音的妖娆，而非行为举止上的"妖里

妖气"。姚紫在其他小说中还造出"娇声妖气"[14]一词，相较之下，可看出"娇声妖气"，虽也是在形容说起话来，矫揉造作；不同的是，"娇声妖气"着重的是突显语调带有"撒娇"的成分。

"手指足划"，与"手舞足蹈"的意思相近。"彻头彻尾"，经姚紫巧手一改，变为"量头量尾"，指把人从头到脚，评头论足一番。例十四之六的"瞪目哑口"刻意描绘出"我"瞪目的模样，而非哑口无言，突显无话可应对时的窘态。

例十五的"气急"，根据故事的发展，女主人公发现自己的钢笔被偷，一下巴士立即大声喊叫。"气急败坏"指的是她当时慌张，甚或是极为恼怒的神态。而"气急"正是缩略自"气急败坏"。姚紫常用这方法，缩略短语或句子，创出新词。兹举若干例子，加以说明：

例十五之一　……和一群新闻记者坐在那猩红色的法国式的大沙发里，恭听他发表庞大的经济发展计划。

（《亚历山大与一块羊肉》，页135）

例十五之二　一个头发梳得很光贴的公子，……

（《我做了小姐的"跟从"》，页29）

例十五之三　开始的序幕，总是做妻子的先发噜嗦，咒诅家费不敷。

（《住屋的喜剧》，也19）

14　例子："她一进门，就娇声妖气地叫：……"（《娼妓·钱·姨太太》，页76。

例十五之四　……回到了那门房般的宿舍休息，愿想入睡一
下，……

（《学店辱命记》，也85）

例十五之五　……，电筒射出的光把阴影向前推开了，可是背
后的阴影又拥合起来。

（《红墨水池底的风波》，页124）

例十五之六　虽然只是中姿的相貌，颧骨太高，鼻的四周有些
雀斑，但是她有一种"骚"的风情，……

（《戴绿头巾的英雄》，也67）

例十五之七、她的躁急再也忍按不下了！……

（《第十三支卷烟》，页99）

例十五之八、火烟氤熏得她得眼睛滴出泪水，……

（《体贴》，页93）

例十五之一的"恭听"，应是"洗耳恭听"，只取"恭听"，或多或
少影射众人只是"假装"专心地听讲。例十五之二的"光贴"，应是
缩略自"光亮而且伏贴"，描写头发涂上发蜡后，梳得很伏贴的样
子。"光贴"一词的使用，可省下许多描写词语，节省篇幅。例十五
之三的"家费"，乍读时，让人深感突兀。"家费"应是缩略自"家
庭的费用"。例十五之四的"愿想"一词，待细读之后，才明白姚紫
描写男主人公上了一个上午七节课，倍感体力透支，此时的他，"唯
一的愿望便是想小睡片刻"。"愿想"一词，正好可形容男主人公当

时的心理状态，形象性十足。例十五之五的"拥合"，应是"拥挤并合并"的缩略，作为描写光影变化的词语，十分传神。例十五之六的"中姿"，应是"中等姿色"或"中等之姿"的缩略，总之，这是指老板娘姿色一般。例十五之八的"忍按"，也十分特别，应是"忍不住而想按下"这短语的缩略。例十五之九的"氤熏"，也应是姚紫自创的新词，缩略自"氤氲"及"烟熏"两个词。

（三）转类的生动用法

转类这一辞格，郑远汉在《艺术语言辞典》做了详细的解说。他说："依靠语言环境，临时转变词性，把甲类词用作乙类词，叫词性的异化。又叫'转类'……"[15]这里不妨补充一点，这样的用法，古文虽时可见及，只不过在词性相对稳定的现代汉语里，这样的用法，很多时候是文人的特意为之，有其目的。以下摘录例子若干，加以说明：

> 例十六　"我说早上来，你偏要下午来！你这人真是！偏拣下雨才出门！你瞧，地上多难走的！跌坏了怎办？……"她扁着嗓子嚷。
>
> （《体贴》，页95）

> 例十七　……她就忙着替我脱鞋，宽下外衣，端点心，弄咖啡，……
>
> （《体贴》，页93）

15　见郑远汉《艺术语言辞典》（武汉：湖北人民出版社，2001年），页75。

例十八　对着着幽静的景物，一腔心事反而象江水滔滔涌起，
我默住了，她也不说话。

（《扒手拳下开传奇》，页11）

例十九　於是，阿李匆匆把那篇快要完毕的稿子，添上几笔，
结了一个尾，交给编辑，拿了外衣出去。

（《红墨水池底风波》，页124）

例二十　这时，整条街的窗口都出现了人影，大家都在激动地
愤怒着。

（《住屋的喜剧》，页19）

例二十一　武吉巴嫂的房子卖掉，朋友们嘲笑地，绰号我为
"武吉巴兄"。

（《扒手拳下开传奇》，页4）

例二十二　每次见到她，内心总有惭愧。……

（《他有一个"好"爸爸》，页47）

例二十三　哗啦的雨声把一大群观众阻塞在门口。

（《戴绿头巾的英雄》，页66）

例二十四　反而使我觉得拘束，反悔不该同他来。

（《我有十万元的希望》，页43）

例二十五　到底是她报复了我，还是我报复了她？

（《娼妓·钱·姨太太》，页79）

例二十六　……我连忙过去帮忙她，……

（《体贴》，页93）

例十六的"扁"，例十七的"宽"，还有例十八的"默"，原本是形容词，这时全变成动词。尤其是"宽"这样的用法，古文已有。在姚紫的作品中，这样的手法，并不乏见。兹举三例补充：

例十八之一　身子斜向我。

（《我遇到了霸王妖姬》，页36）

例十八之二　他瞥见我床上歪着的书本，嘻嘻道：……

（《我有十万元的希望》，页40）

例十八之三　"那怎样行？"她母亲尖着嗓子说：……

（《他有一个"好"爸爸》，页51）

例十八之一的"斜"及例十八之二的"歪"，都是形容词转换成动词的生动例子。"歪"这新奇的用法，其来有自，在《红楼梦》中，常可见及[16]。姚紫偶借用这方法，读来特别，引人注意。例十八之三的"尖"也是转类的用法，把形容词变动词，形容嗓子拔高，声音尖锐，表现出母亲的不悦。

例十九的"完毕"、例二十的"愤怒"、例二十一的"绰号"，前二者是形容词，后者是名词，现在都变成了动词。例二十二的"惭

---

16 关于《红楼梦》中有关"歪"的特殊用法，可参陈家骏《〈红楼梦〉词语活用现象探微》，见陈家骏《文学语言论集》（台北：万卷楼图书公司，2017年），页121-131。

愧”，本是形容词，这里却成为"名词"。例二十三的"阻塞"，例二十四的"反悔"，还有例二十五的"报复"，今日的用法，后边多不带"宾语"。如我们今日会说"交通阻塞"，不说"阻塞在公路上"。"反悔"亦是如此，我们今日说："我反悔了"，而不说"反悔同他来"。例二十五的"报复"，若作为形容词，我们会说"报复行动"，但作为动词，我们会说："他开始报复了"，却不说"报复他"。例二十六的"帮忙"是离合词，我们今日的用法是"帮了忙"，或"帮他的忙"，却不说"帮忙他"。

有时，有些词语经转换词性后，读来固然新鲜有趣，却不免有叠床架屋之嫌。兹举二例说明：

例二十七　眼看自己带来的女朋友在与别人玩在一起，而自己却冷落地落在一边。
　　　　　　　　　　　　　　　（《我做了小姐的"跟从"》，页30）

例二十八　……我闲着无事，又从袋口里摸出玲写给我的信，重温地读了一遍。
　　　　　　　　　　　　　　　（《我遇到了霸王妖姬》，页33）

例二十七的"冷落"，多不带宾语，今日会说"遭到或是受到冷落"。例二十八的"重温"，则是把动词改成形容词。上举二例，虽然特别，却不如直接说"自己遭到冷落"，"……重温玲写给我的信"，来得直截了当。这里要重申的是，我们其实是从汉语的发展，较为成熟的今日看姚紫当年的用语，会发现好些词语的用法不同于今日，实不足为奇。

（四）词语的超常搭配

词语的运用，有其规律。冯广义指出，词语与词语之间的搭配，超出了逻辑范畴的常规，用得好，确实是一种有效的修辞手段[17]。词语的超常搭配，也是姚紫小说语言常见的手法之一。有时用法大胆，确实惊人耳目。且看：

例二十九　做妻子的一把鼻涕，两行眼泪扔了出来，……

（《住屋的喜剧》，页19）

例三十　一股出乎意外的兴奋，滚过我的脉搏；……

（《她走入猪圈里去了》页61）

例三十一　有时，喝醉了的日本宪兵就从她们的楼窗口，曳来肉麻的笑声和伊伊唔唔的歌声，直到半夜，……

（《戴绿头巾的英雄》，页68）

例三十二　……，他的店子很蹩脚，货物很少，顾客又不多；……

（《戴绿头巾的英雄》，页67）

例三十三　这是一个新鲜有趣的地方，就像游艺场那样的吸引着孩子们的心。

（《亚历山大帝与一块羊肉》，页142）

---

17 参冯广义《变异修辞学》(武汉：湖北教育出版社，1992年)，页103-104。

例三十四　因此，我想：我原本是渺小的人物，人家绝不会瞧
　　　　　得起我，……

（《扒手拳下开传奇》，页5）

例三十五　黄国清搁下电话筒，心里充满愉快和轻松。
（《咸瓜子》，页103）

例三十六　学生的大的小的，充满各屋楼的走廊。
（《学店辱命记》，页83）

例三十七　……双颊已经枯悴了，砌着厚厚的白粉，……
（《我有十万元的希望》，页45）

例三十八　到了游泳池，满是游客，楼上楼下洋溢着嘻哄的声
　　　　　音，……

（《我做了小姐的"跟从"》，页25）

例三十九　……，那笨重的皮鞋就响了进去。
（《戴绿头巾的英雄》，页69）

例四十　……却有许多无家可归孩子、乞丐、苦力，蜷缩在
　　　　人家的屋檐下，睡过漫漫的长夜。

（《扒手拳下开传奇》，页13）

例二十九的"扔出眼泪"，不但用法新颖，更把大滴大滴的眼泪滚落
的样子，描绘得十分生动。例三十的"滚"过脉搏，也是另一词语超

常搭配的用法。这里把无形的感觉——"兴奋"，化为有形的东西，如湍急的流水般"滚了过去"，形象性十足。例三十一的"曳"，除了作为形容词的"摇曳"，其实还可作为动词，可解释为拖、拉、牵引；不过，"曳"却不与无形的声音搭配。"曳"在这里是形容笑声从低处或远处传来，这一用法，姚紫频频使用，几成习惯。兹举数例证明：

例三十一之一　　我刚要推开出去，忽有一阵咯咯的皮鞋声从巷的一端曳来。

（《戴绿头巾的英雄》，页69）

例三十一之二　　……直到咯咯的革履声，从楼梯下曳了上来，我才喘过一口闷气。

（《他有一个"好"爸爸》，页50）

例三十一之三　　"你们吵什么？"——楼上曳来她爸爸苍老的声音。

（《他有一个"好"爸爸》，页52）

上引数例，都是在刻画声音的如何"传送"，不说声音传来，而特意用"曳"，自然可看出是作者的有意为之。

例三十二的"蹩脚"，《全球华语大词典》给出的解释是：东西的质量差，或是人的本事不大。这里用蹩脚来形容店铺，也是超常搭配的一种。说这家店很蹩脚，暗指这家店，商品不全，顾客不多，却能长期维持下去，甚值得怀疑。随着故事的发展，我们终于知道这家店的老板，与日本人勾结，店铺这才能长期"屹立不倒"。例三十三和三十四，同属偏正词组的超常搭配，我们今日不说这个地方很新鲜，而会说陌生；同样，我们不说渺小的人物，而会说"小人物"。这样的搭配，除了不同于一般，有时也有特别的含义。例三十四，是故事主人公的内心独白。他自怨自艾，说自己"渺小"，虽有夸张的成分，却又能很好地描绘出主人公对自己的没自信。

例三十五及三十八，是动宾短语的超常搭配。例三十五其实可以说很愉快，或是轻松，可是作者故意说内心"充满"愉快和轻松，增添了强调的意味。例三十六不说到处都是学生，却偏说"学生""充满"各处走廊，突兀启端，引人注目。例三十七故意不说"搽"粉，却说是"砌白粉"，特别之余，更兼具讽刺性。例三十八的"洋溢＋声音"，也用得奇特，突显到处是一片喧哗的声浪。

例三十九、例四十，是动补关系的超常配搭。一般来说，我们会说"响起"，而不说"响进去"。这奇特的用法，除了强调脚步声重，在夜晚听来清晰之外，更暗示了"我"从脚步声中知道了店主与日本人有不可告人的勾当。例四十二也是如此，不说这些乞丐、苦力、无家可归的小孩，在外餐风饮露，却说他们在天桥下睡过"漫漫的长夜"。这样的表达，既抒情，又带出感伤，感人之余，更易触动人们的心弦。总的来说，姚紫的这些用语特点，因有别于一般，读来常让人感到耳目一新。

三

当时的文坛讲求新加坡文学要有本地色彩，集小说创作及文学理论于一身的著名作家苗秀，即撰文提出看法。他说："我以为一个作家除了创造活生生的艺术形象外，还有提炼和创造新语言。使原有语言更加丰富的责任。作家应该应该懂得怎样从广大的复杂的群众口语中，选择最明确的最生动的语言，提炼加工，使成为艺术的语言。[18]"
身体力行的苗秀刻意在小说中频频使用方言词语，以致有研究者提出
质疑，认为这样可能会削弱人们对文本的阅读理解[19]。相较于苗秀，
姚紫使用方言词、马来语，甚或是英语词语，十分节制。这些词语，
很多时候仅出现在人物对话之中，借以增强人物的形象色彩。以下摘
录一些，兹以说明：

1　方言词

	方言词语	解释
（1）	财副[20]	闽南话：指会计师。
（2）	契兄[21]	闽南话：本指干哥哥，但在闽南话里，还可以指奸夫、姘头[22]。
（3）	红毛[23]	音译词，指洋人。
（4）	孟咖喱[24]	音译词：指印度人。

---

18 苗秀《写个一位青年的信》，见苗秀《文学与生活》（新加坡：星洲东方文化企业有
　　限公司，1967年），页193。

19 陈世俊在《苗秀小说的艺术特色》一文中曾指出："对不明了粤语的读者来说"，
　　读苗秀的小说，"简直犹如天书。"可见方言词语的多用，并不是人人都接受的
　　了。这其实便涉及了方言词取舍的问题。姚紫的态度，从他在作品中使用方言词的
　　频率，便可见一斑。有关苗秀作品的评论，可参陈世俊《苗秀小说的艺术世界》，
　　见新加坡文艺协会编《苗秀研究专集》（新加坡：新加坡文艺协会出版，1991年），
　　页201。

20 例："我的父亲比我祖父幸运点，他念过几年书，在槟城当了十年'财副'，转到
　　新加坡做点小生意，可是后来，生意失败了，……"（《扒手拳下开传奇》，页4）

21 "狗娘养的！谁拿了你的钢笔，别认错了契兄！"

22 参李荣主编《厦门方言词典》（南京：江苏教育出版社，1998年）。

23 例："大你妈的，你就抬出红毛来，老子可不怕你……"（《扒手拳下开传奇》，页
　　8）

24 例："……和一个看门的'孟咖喱'外，只剩我一人了"（《我做了小姐的跟班》，页
　　34）。

	方言词语	解释
（5）	头家[25]	闽南话，指老板。
（6）	缠手缠脚[26]	闽南话：指拖累或是妨碍。
（7）	峇峇[27]	闽南话：土生华人。这里是讽刺男主人公不懂该所学校文化。
（8）	大只[28]	粤语：指大块头或个子高大。

2　还有少数的马来文及英语，摘录于下：

	马来文	解释
（1）	多隆[29]	指请求
（2）	沙拉[30]	错误或是犯错
（3）	马打[31]	警察

	英语	解释
（4）	派对[32]	英语的party
（5）	山峇[33]	英语的shamba

25　例：“有个头家的大女儿还没出嫁，吓，你还没结婚，大有希望！……”（《我有十万元的希望》，页42）

26　例：“缠手缠脚的！你来我更麻烦！”（《体贴》，页93）

27　例：“小吉！你实在是峇峇！……”（《学店辱命记》，页84）

28　例：“新加坡是禁止吃狗的城市，但是大只李总有办法……”（《亚历山大帝与一块羊肉》，页130）

29　例：“阿英病了，多隆你们明天来吧！”（《住屋的喜剧》，页18）

30　例：郑妈正经地说：“……怎么犯‘沙拉’呢？”（《娼妓·钱·姨太太》，页77）

31　例：“……你拿马打寮来吓人！……”（《扒手拳下开传奇》，页8）

32　例：一个头发梳得光贴的工资，走了过来，他微一向我点头，面便发亮地转向她，大谈前天他（她）们俱乐部所开的“派对”（party）的趣事，……舞步是“山峇来得有味”（《我做了小姐的“跟从”》，页29）。

33　同上。

	英语	解释
（6）	密司[34]	英语的称谓：miss
（7）	密司脱[35]	英语的称谓：mr
（8）	万兰池[36]	英语的brandy，今日多译作白兰地

　　姚紫在处理上述词语时，态度明显。若没必要，他是不用的。如上举方言词及马来文，多来自小说故事人物的口中。这些因是新加坡人日常口语中经常使用的词语，读来易让人感同身受。刘抗分析马华作品中的口语问题，提出："口语不但必须适切人物的阶级，并且必须能够表现出人物生长地或其长久居留地的言语特征，与其社会生活的特点。[37]"当时大家似乎一致认为，小说要反映新加坡的风土民情，小说作品中的语言，是极为重要的。例如夏霖在一九四〇年即提出他对这问题的看法。他说："我以为对于加强作品的地方色彩，与人物的典型性格，方言在现阶段的情势下，总比较白话文来得生动，深刻，便利点"[38]。但小说中要反映这个多元种族杂居的新加坡，作品中应夹杂多少方言词、马来语，英语，或是淡米尔语，其实并没有定论[39]。严格来说，姚紫没有相关的文学理论著作证明他对这问题的

---

34 例："哈罗，密司陈，今夜你也来呀？……"（《我做了小姐的"跟从"》，页29）

35 例："哈罗，密司脱李！"（《我做了小姐的"跟从"》，页29）

36 例：然后到中华餐室吃了一顿丰富的晚餐，并且叫了一小杯"万兰池"酒助兴。（《我遇到了霸王妖姬》，页33）

37 转引自金进《南洋抗战题材，小人物与方言问题——马华资深老作家苗秀的小说特色研究》，见骆明主编《新华文学评论集（二）》（新加坡：新加坡文艺协会，2012年），页308。

38 夏霖《方言文艺的普及与提高》，见新马华文文学大系编辑委员会编《新马文学大系·第一集》，页53（新加坡：教育出版社，19__年（出版年份不详））。

39 当时马华作家在作品中夹杂方言，几乎蔚然成风。刘笔农直言："当时的作家，喜欢运用各自的方言，如广东话：苗秀、赵戎、于沫我。写福建话多的，要算关新艺、白寒等"。见刘笔农《再写苗秀》，见新加坡文艺协会编《苗秀研究专集》（新

观点，但我们却能通过他的作品，间接看出他对这问题的看法。总的来说，姚紫这方面的用语特点，值得一提。

四

姚紫在小说中，偶尔会用一些较为少见的书面语，其中一些是古语词，或是文言表达，很多在古籍中都可找到踪迹。例如：

例一　……问他，他厌然答："在新房子那边。"便掉头和别人说话了。

（《我讨"政府"的房子》，页23）

例二　"唉呀！我的老兄！我已同人家约定了。你不去不是害我失约？"他艾怨起来……

（《我有十万元的希望》，页42）

例三　女孩子都喜欢捻酸吃醋的——那不好呢！

（《我做了小姐的"跟从"》，页28）

例四　我不禁欣幸自己运气不错，伴着一朵"解语花"，渡过一个寂寞的星期六晚，……

（《我做了小姐的"跟从"》，页28）

加坡：新加坡文艺协会出版，1991年），页49。即便是当时著名的文艺评论家赵戎，也认为新华小说要突显本地色彩，应不避方言词语。赵戎："我们南方人，应用南方话写作，也是理所必然的。"见新加坡文艺协会编《苗秀研究专集》（新加坡：新加坡文艺协会出版，1991年），页245。

例五　　　于是，我们计议着怎样把现在的这间小房子改作"新
洞房"，——

（《住屋的喜剧》，页14）

例六　　　接着，闲谈起来，我倒拜聆了这个未来上司的一套怪
论——

（《学店辱命记》，页81）

例一的"厌然"，与讨厌无关，这里是指安然的样子，如：宋司马光
《上体要疏》："其议者固不能一，必有参差不齐者矣，於是天子称
制决之，曰丞相议是，或曰廷尉当是，而群下厌然，无有不服者
矣。"例一形容政府官员回答时的态度安然，其实是在摆官架子。例
二的"艾怨"，指埋怨或悔恨。例三的"捻酸"，指的是吃醋或嫉
妒。明·汤显祖的《牡丹亭》便有这用法："便许他在那里，你却也
忒捻酸"。例四的"欣幸"，指欣喜或庆幸，《汉书·桓玄传》："百
姓观者莫不欣幸"。例五的"计议"，指谋划或是考虑，可见于《管
子·经重甲》："计议因权，事之囿大也。"例六的"拜聆"，指恭
敬地聆听着，是书面语。上举书面语词，有些从上下文可推测其意
思，有些却不易理解，例如"捻酸"便是很好的例子。

　　汉语逐渐走向双音节的过程中，建国前有好些作家，仍喜用单音
节词词语，这一现象值得注意。[40]不过，姚紫小说中的单音节词语的
使用，除了读来文言味道十足；有好些用法特别，值得一提。以下列
举例子若干，加以说明：

---

40 同一时代的新加坡作家李汝琳，其小说也出现许多单音节词使用的例子；不同的
　 是，姚紫的单音节词，有很多变化。有关李汝琳作品的研究，可参陈家骏《李汝琳
　 〈漩涡〉语言研究》，见《南洋学报》，第63期，页68-70。

例七　　　"医生来了！"那年轻人低声说。

　　　　　雷克从迷惘中一省，……

　　　　　　　　　　　　（《亚历山大帝与一块羊肉》，页140）

例八　　　"呸！"那一个领子凶凶地朝我吐了一口唾。

　　　　　　　　　　　　　　（《扒手拳下开传奇》，页8）

例九　　　……足上拖着履，……

　　　　　　　　　　　　　（《我有十万元的希望》，页43）

例十　　　我有点赧，一肚子话不知从何说起。

　　　　　　　　　　　　（《他有一个"好"爸爸》，页49）

例十一　　"谁要你管！"他愠着。

　　　　　　　　　　　　（《他有一个"好"爸爸》，页49）

例十二　　他匆匆转身，走下楼，坐上那辆大型汽车，吩咐司机
　　　　　驶到加东路那"秘密的小巢"。

　　　　　　　　　　　　　　（《红墨水池底风波》，页103）

例十三　　默了片刻，她的足尖忽动一动我的脚，笑吃吃地低声
　　　　　说：……

　　　　　　　　　　　　　（《我遇到了霸王妖姬》，页37）

例十四　　"你拉粪吃饭都在公馆，连家都不要了！"爸爸嘻着
　　　　　脸皮说……

　　　　　　　　　　　　　（《"公馆"与"菜头"》，页54）

例十五、"所以，你就出来！"我诘道。

（《娼妓・钱・姨太太》，页78）

乍读时，上举例子都让人感到奇特十分，这是因为其中好些单音节词语，今日多是以双音节词语的形式出现。如例七的"省"，今日常说"苏醒"。例八的"唾"，今日可说"唾液"，或说得白话些，可说"口水"。例九的"履"，即古文的鞋子。例十的"赧"，今日常说的是"羞赧"；而例十一的"愠"，今日也可改成"怒道"或"生气"；例十二的"驶"也用得奇特，今日以"驾驶"代之。

姚紫有时还特意转换词性，以提升效果。如例十三的"默"，今日多是说"沉默"。这里显然是把常作为形容词的"默"，当作动词使用。例十四的"嘻"多与笑构成"笑嘻嘻"三音节词语，但在这里却是动词，用法也是借用文言文的表达方式。例十五的"诘"，今日多是说"追问"或是"反问"。无论如何，姚紫的单音节词语，使用得相当多，夹杂在白话文里，读来甚是奇特，特此辟出一节说明。

五

潘继成《标点修辞赏析》一书，提供好些例证，证明标点符号的恰当运用，不只是用于表示停顿、语气而已，还有助于提升语言的表达效果，甚至能进一步展现修辞艺术。[41]这与陈望道先生在《修辞学发凡》所言，修辞是为了"传情达意"这一概念吻合。潘氏梳理了不同标点符号的各种运用特色，值得借鉴[42]。爬梳姚紫作品，不难发现

---

41 参潘继成《标点修辞赏析》（北京：商务印书馆，2005年），页1-2。

42 标点符号的功能不应只是断句，不同用法，所呈现的功能及作用也有所不同。郭敏娜在《语言视觉修辞产生的基础及途径研究》一文中，指出标点符号还可制造"视

小说中破折号的使用频率高，有好些早已脱离基本用法，值得一探。

（一）补充说明

这一类破折号的使用，是为了对上文进行补充。兹举数例证明：

例一　　我本来租住在武吉知马的一间平屋里，房东是个老太太，只有一个儿子——在军港做工，由于工作关系，儿子住在军港的宿舍去，剩下唯一的一个房间就租给我，还包了一个顿晚餐。

　　　　　　　　　　　　　　　　　　（《住屋的喜剧》，页13）

例二　　这一霎间，我觉得她很美！——鹅蛋型的面上，一双微弯的秀目，……

　　　　　　　　　　　　　　　　　　（《扒手拳下开传奇》，页5）

例三　　他今天的衣服穿得很整齐，——一副灰色秋绒西装，结着一条大红领带，十足公子哥儿的派头，……

　　　　　　　　　　　　　　　　　　（《我有十万元的希望》，页40）

例四　　使你的理想感到幻灭，使你觉得夫妇生活的可怕，——好像站在万丈深渊的边缘，虽然没有跌落下去，但是已经够你觉得怵目心惊，意志动摇，一股热情和勇气，象冰块似的在阳光中消溶了……

　　　　　　　　　　　　　　　　　　（《住屋的喜剧》，页21）

觉"修辞效果。关于标点符号的这一特点，本文正好可以用姚紫的小说对破折号的使用，加以证明。有关标点符号相关方面的更多论述，可参郭敏娜《语言视觉修辞产生的基础及途径研究》，长春理工大学（中国），硕士论文，2008年，页34-35。

上引四例的破折号，都是作为上文的补充及说明的标志。如例一是进一步介绍房东太太的儿子；例二是补充说明人物的容颜；例三则是进一步说明主人公的朋友"老朱"，穿戴是如何的整齐；例四补充说明男主人公心中的担忧和惊怵。潘继成指出，这类用法，具有补正的作用，弥补上文内容的不足[43]。

（二）置于句子开头，作为自我独白的标志

一般来说，破折号不必置于句首，可姚紫却故意这么做，目的是把破折号当做自我独白的标志。请看：

例五 ——黑暗的远方，在我们的面前展开光彩的憧憬，使我的心坎又燃起理想的光艳，射穿远方的黑云，看到明天的太阳已经在缓缓的上升！

（《住屋的喜剧》，页21）

例六 ……当我说着俏皮话时，眉毛就快乐地往上一挑，水汪汪的眸子有如秋水，——衬着那湛蓝色的天，海上的月亮象木梳般地已经升高起来，——这夜，真美啊！

（《我做了小姐的"跟从"》，页29）

例七 ——那天，说到这里为止，我以为他是开玩笑的，不料他倒认真起来，使我怪不好意思的。

（《我有十万元的希望》，页42）

---

43 参同注（42），页36-38。

例八　　　“表嫂送给我的。”——又是表嫂！我的头皮胀大
　　　　　了！……

　　　　　　　　　　　　　　（《他有一个"好"爸爸》，页49）

例九　　　当时，我不明白爸爸为什么喜欢上"公馆"。而现
　　　　　在，我了解爸爸当日的苦闷。——这苦闷的都市，单
　　　　　调的气候，单调的地理，单调的生活，是多么威胁着
　　　　　每一个人呵！

　　　　　　　　　　　　　　《"公馆"与"菜头"》，页54

例十　　　黯然合下书，把烟尾丢向窗外。他走到书橱边，抽出
　　　　　一本照片集——他又一次怀念着她。

　　　　　　　　　　　　　　　　　（《秋恋》，页111）

　　　上举例五的前一段，是男主人公与爱人的对话。一对小情侣开心
地说着对未来的憧憬，而这让男主人公心里兴奋不已，这才出现这一
段内心独白。例六说的是"小姐"带男主人公到泳池，二人对话的同
时，男主人公看着"小姐"美丽的容颜，不禁心神动摇。男主人公因
一时春心动荡，最后才会如此叹道："这夜，真美啊！"。这应该是
一种移情的作用。例七说的是男主人公的朋友老朱说要带他相亲，谓
若能当上有钱人的女婿，便可"夫凭妻贵"，摇身一变，成为上流社
会的人。可是男主人公一开始还以为老朱是在开玩笑，没想到对方说
的竟是真话，这才出现这一段内心独白。例八的事情缘起是这样的，
男主人公女友的表哥用自己的老婆，也即是男主人公口中的"表嫂"
来试探他，结果惹出好些事端。今日男主人公又听到"表嫂"一词，
心中百味，既有感慨，也有惧怕。例九的内心独白，明显十分，无需

赘言。例十说的男主人公抽出照片集，紧接着，便道出内心仍对"她"的恋恋不忘。

（三）作为故事的过渡，或是场景的转换

还有一类破折号的用法，是为了转换场景，或是作为故事的发展过渡。且看：

例十一　真奇怪的今夜的"艳遇"！我连她的姓名都不知道，她却同我混得这么肉麻，……
　　　　——直到电影映完了，奏起英国国歌，我的灵魂始被诱入一个充满花草柳茵的脂粉地狱里，……

（《我遇到了霸王妖姬》，页38）

例十二　楼上都是西式的陈列，中间沙发，茶几，两边挂着油画和英皇的照片。——我们一踏出梯口，就看见楼上的人们东一团，西一围的。

（《"公馆"与"菜头"》，页55）

例十三　……可是我们连一个谈话的地方也没有——最后，我们只好找上一家比较幽静的旅馆去。

（《她走入猪圈里去了》，页62）

例十四　他皱着眉离开座子——抓起听筒。

（《红墨水池底风波》，页123）

上引数例的破折号，或转换场景，或突显心理变化，或是发展故

事，作用各异。例十一说的是作者描写男主人公在遇到美女之后，所发生的事。破折号是为了转换场景。例十二的破折号，目的相同。在叙述完眼前所见，作者紧接在破折号之后，描绘踏出电梯门口后所看到的环境。例十三在写完二人的对话之后，借用破折号一改场景，延续故事的发展。例十四，特地描写男主人公离开座位后做了些什么。除了这些作用，破折号出现在人物对话中，也可制造不同的语气效果。且看以下的分析。

（四）制造语气效果

潘继成指出破折号在对话中，有调音蓄情的作用。在姚紫小说中，也确实出现了这样的用法。且看：

> 例十五　"你好噜嗦什么！小朱他们在公馆里等我打麻将呢！糟！快四点了，快走——"
>
> 　　　　　　　　　　　　　　（《学店辱命记》，页83）

> 例十六　"找谁？"
>
> 　　　　"找你的——"她黯笑地，顿住不说。
>
> 　　　　　　　　　　　　　　（《扒手拳下开传奇》，页11）

> 例十七　主人又指那位"姨太太"说。
>
> 　　　　"这位是小姐！秋芳——"
>
> 　　　　　　　　　　　　　　（《我有十万元的希望》，页45）

上举例子，旨在强调说话时的情感色彩。例十五的"快走——"，突显语气的急促；例十六是故意拉长"的——"，暗示说话者的意有所指；例十七的破折号，是故意利用破折号的视觉效果，拉长"芳"字，显示说话者强调"秋芳"这个名字。我们若把上举破折号换成省略号，会呈现不一样的效果。且看以下这一例子：

例十八　"先生，我是申请房子的，请问……"

《我讨"政府"的房子!》，页24

上举例子描绘主人公有求于人，说话时不免小心翼翼，用省略号"……"来显示他卑躬屈膝的神态便十分传神。李火森指出这类特点，是一种"从视觉所能感知的非语言要素"[44]。这是李氏在读了曹石珠《形貌修辞学》一书后，深有体会，这才提出这样的观点。破折号确实予人"视觉"效果，而这也是标点符号一种特别的用法，值得重视。

（五）蓄势酿情

潘继成指出破折号还有蓄势酿情的特点，表示另有"下文"。如以下例十九的破折号，是为了表示自己心中的不认同，带出情绪色彩。例二十说的男人主公第一次在朋友的怂恿下，到妓院嫖妓，没想到走进来的，竟是自己的熟人——女友表哥的姨太太。这一惊吓，当真非同小可！姚紫在这里借用破折号带出主人公震惊的情绪。例二十一说的是故事主人公主小吉为了生活，到一所学校当老师。他本以为老师的工作轻松，没想到接过功课表一看，看到教学时间这么长，不禁惊呆了。例二十二是描绘男主人公黄国清发现了自己的姨太太同别

44　参李火森《形貌修辞学》，《益阳师专学报》，1997年，第18卷，页120-121。

人有私情。这两人不但能在不同时间和地点指出朋友出示的同一幅图的奥妙，在解题时所说的话也是一模一样的。姚紫故意在"一张大床、一张小床"安置破折号，正表示这是破案的关键。

例十九　……大约不久就可升做"副经理"……——真是天晓得！我在大学念了一年就被开除了，英文是"半土白"的，在公司里做个小职员，薪水不过一百多块，……

（《我有十万元的希望》，页43-44）

例二十　是你呀！——天！我也怔住了！……

（《娼妓．钱姨．太太》，页77）

例二十一　看看功课表——哎呀！一星期三十五节，每节三十分钟，共一千零五十分钟，……

（《学店辱命记》，页83）

例二十二　"这个，你猜猜看，好笑在那儿？"
　　　　　——一张大床，一张小床！

（《咸瓜子》，页106）

谢克在悼念姚紫的文章中，曾提及一轶事。他说姚紫在报馆工作时，对文字、甚至是标点符号的使用，谨慎小心，要是排版工人排错了，他会大发雷霆，与排字工人吵架[45]。姚紫重视语言表达，从文字到

---

45 见同注（1），页161。

标点符号，处处用心，由此可见一斑。姚紫标点符号有独到之处，实不足为奇。

五　小结

郑远汉指出，要认识言语个人风格，必须具体深入到言语中、作品中去分析[46]。郑氏所言，一言中的。姚紫的文字给誉为"文字流畅、清丽"，主要是姚紫深谙文字该如何巧妙运用，方能突显修辞色彩。除了词语，有关姚紫作品的语言艺术，其实还可从句子的层面，加入探讨。黎运汉、张维耿在《现代汉语修辞学》中，指出如何组句成段，有所讲究[47]。如姚紫就十分喜欢在行文中加入警句。警句指的是一些说理性文字，引人深思。此外，对于一些句子类的辞格的使用，姚紫也有其独特之处，应可加以探讨。不过本文因篇幅所囿，仅从文字、标点符号的使用这两方面加以探析，希冀能为这位马华前辈作家的言语特点研究，稍尽绵力。

46　见同注（12），页362。
47　黎运汉、张维耿《现代汉语修辞学》（香港：商务印书馆，2000年），页176-178。

《谢克短篇小说集——〈新加坡小景〉的语言特色研究》

一

　　谢克，原名佘克泉，祖籍广东澄海。一九三一年在新加坡出生。曾任职教育界，后移砚到《民报》，并于一九六六年至一九七〇年主编文艺副刊《新生代》。一九七〇年，他转到《南洋商报》，主编《新年代》、《学府春秋》、《星期文艺》、《青年伴侣》、《人文》等副刊。一九八三年至一九九一年，谢克任《联合早报》副刊编辑，主编过《星期文艺》、《书林》、《星云》等副刊。他出版的作品，有小说集：《为了下一代》、《困城》、《新加坡小景》、《学成归来》；评论集：《新华文坛十五年》等[1]。谢克在本地的文学动态，一向低调，但从不同的文献中，我们仍可找到蛛丝马迹。如他与新加坡作家协会，便极有渊源。黄孟文在《拓荒的年代——新加坡写作人协会十周年纪念感言》曾提及一事，谓他从美国深造归国不久，在一次偶然的聚会中，与田流、杜红、罗子崴、韦西、谢克等人商议，因当时的英文写作界要成立作家协会，而于一九七〇年成立的华文作家协会却一直处于"冬眠状

1　参《新加坡作家传略》（新加坡：新加坡国家图书馆、新加坡文艺协会出版，1994年），页387。骆明《新加坡华文作家传略》（新加坡：新加坡文艺协会、新加坡作家协会、锡山文艺中心联合出版，2005年）页393-384。大体而言，前者有关新加坡作家的传略，若与后者相比，未免稍嫌简单了些。本文有关谢克的生平记事，主要是参考骆明主编的《新加坡华文作家传略》。

态"，不免有所感慨。随后，他吁请让协会改组，希望能将作家协会发展成推动本地华文文学的核心[2]。当时的复议者便有谢克。周维介在《灯火飘摇十九年——一九六五——一九八一年的新马华文文学》一文，对作家协会当时的窘境，便有更为详细的阐述及说明。新加坡写作人协会在谢克等人的努力下，硕果累累，成就不凡[3]。在其他方面，谢克为推动本地的写作文化事业，也极尽一己之绵力。他在《新加坡华文文艺》一书的后记，即把自己比作"园丁"，谓自己努力开垦本地的文艺园地的同时，也努力发掘有写作潜能的新人。他说："从一九七〇年十月编《学府春秋》开始，看学生的文艺稿件，便成了我份内的工作。……作为一名文艺园丁，我认为把这批有写作前途的新人的作品介绍给读者，是应该做的事，于是，我写了《一九七一年的新加坡学生文艺》、《一九七二年的新加坡学生文艺》、《一九七三年的新加坡学生文艺》、《一九七四年的新加坡学生文艺》和《一九七五年的新加坡学生文艺》，对这批新人的作品，提出了一点意见。"[4]不过，对于谢克的评论，一向不多。可以这么说，当时备受瞩目的新华作品，有两大特色，不是创作的数量多，就是创作的篇幅长。谢克的小说创作，量少，而且多以短篇小说为主。虽是如此，举凡学者提及当年新马杰出的作家，谢克一定是位列其中。如黄孟文在《新加坡华文文学作品选集编选后记》，阐述委员会在筛选散文佳作时，毫不费力，但在编选小说时，却感力不从心，原因是："选小说最感棘手，因为写小说的人很多，佳作如云，在评选时颇费周章。后来，我们决定选用苗秀、谢克、孟毅（黄孟文）和韦西的作品各一篇。这四位作

2 黄孟文《拓荒的年代——新加坡写作人协会十周年纪念感言》，见黄孟文《新华文学评论集》（新加坡：云南园雅舍，1996年），页97-98。

3 本文收录于周维介《新马华文文学散论》一书。见周维介《新马华文文学散论》（香港：三联书店与新加坡文学书屋联合出版，1988年），页52-67。

4 谢克《新加坡华文文艺》（新加坡：教育出版社，1976年），页67。

家都是专门写小说的或是以小说为主的，前两位具有比较久的写作历史，后二人则是后起的年轻作家。[5]”论辈分、论写作的功力，受到如此礼遇，谢克应却之不恭。本文特地选其短篇小说《新加坡小景》作为研究的对象。一如他自己在后记所言，“我在新加坡出生，在新加坡长大，我喜欢‘新加坡’这三个字，就象喜欢我的爱人的名字一样。”《新加坡小景》写的全是新加坡的小故事，很多应是从日常生活，或是事件中找灵感，读来，不仅让人感到熟悉，更让读的人感同身受；似这样的题材，即便是今日，也是相当特别的。若要寻找足以表现新加坡本土特色的作品，谢克写于一九五七到一九五九年间，后悉数收录于《新加坡小景》这部小说集子的小说，应是恰如其分的。此外，对这一时代作家的语言特色，谢克的《新加坡小景》，实有一探的价值。

二

谢克的小说作品，产量少。据他自己所言，是因为自己“懒散”[6]。这应不是谦辞。在其为姚紫所写的追悼文章中，记载了这一段轶事。“姚紫处理稿件，态度严谨，对作者的要求特高。我就碰过钉子。……当时《文艺报副刊》正准备创刊，姚紫灵机一动，嘱我在一个星期之内交一篇反映灾区人民生活的小说。我很懒散，到要发稿的时候，尚未动笔，姚紫很不满，当着几位文友面前，把我臭骂一顿：‘听好，三天之内如果交不出稿，就不要来见我！’”[7]除了生性较为

5　黄孟文《新加坡华文文学作品选集编选后记》，见同注（2），页89。

6　见谢克《新加坡小景》，后记。

7　摘自谢克《饮水思源忆前辈——纪念姚紫先生逝世30周年》，见黄惠龄、王烨华主编《姚紫文学历程》（新加坡：新加坡国家图书馆，2009年），页161。

低调，行动力较慢之外，谢克孜孜创作，无论是内容，或是文字，皆
煞费苦心，斧凿痕迹，相当明显。也许因用力过度，以致小说产量少，
而这也是可以理解的。《新加坡小景》所收集的七篇小说，尤其是人
物的语言，十分讲究，务求做到笔下人物，姿态各异，立于纸上。

　　大致来说，这七篇小说的内容，题材各异：或是写寄人篱下，无
父无母的孤儿的悲戚，或是刻画当年捐钱创建南洋大学时，不同捐钱
者的心态与嘴脸；或是写有钱少爷追女子，结果追到的竟是自己老爸
的金屋藏娇的糗事；或是学校理事任意妄为，不管所介绍的老师是否
适合，或是有无教学经验，只为了一己之私，强把人安插在学校里，
结果引来许多事端；或是描绘因误交损友，而蹉跎岁月的年轻人；或
是刻画看自己女婿脸色而活得委屈的老妪；或是为了家计，不得不放
弃自己所爱的一家之主。谢克笔下的人物和故事，在语言上的刻意求
工，十分明显。本文便是根据这几篇小说的语言，一窥其作品的用语
特色。

三

　　早在三十年代的马华文学，无论是南洋色彩的提倡，或是马来亚
地方性文学的提倡，又或是本地意识的拓展[8]，除了注重笔下的环境及
生活，要如何使用具有新加坡色彩的词语，更是受到关注的一环。

　　学者金进在分析马华文学作品中的口语问题时，引用铁抗的话，
指出当时的文学作品，在使用口语词语的时候，总会不小心把一些教
科书中使用的北方的词语也借来使用，结果造成作者笔下人物，忽而

8　关于马华文学的发展，可参杨松年《新马华文现代文学史初编》（新加坡：新加坡
　　教育出版社，2000年）；或黄孟文、徐迺翔主编的《新加坡华文文学史初稿》（新加
　　坡：新加坡国立大学中文系、八方文化企业公司联合出版，2002年）。

使用地方性用语，忽而使用北方用语，相当矛盾。不过，金进却提到，苗秀在阐述自己使用口语词语的时候，不仅仅是"广府话"（广东话）的使用，还包括马来话、福建话。言下之意，苗秀着眼的是如何借用本地人的语言，突显本土色彩。这就是为何金进会说这样的用语标志着苗秀的文学作品"本地性"的开始[9]。论作品发表的先后，金进这么说，是无可厚非的；而谢克出版于一九五九年的《新加坡小景》，其"本地性"色彩尤为显著。我们清楚地看到，具备"本地性"特色的小说创作，到了谢克的时代，已到了较为成熟的时期。谢克在《新加坡小景》几篇短篇小说中，为了塑造人物的本地色彩，在口语中屡屡使用好些方言词语或是一些地方性表达，自成特色。不过，谢克不会仅仅为了突显本地色彩，而在行文中屡屡使用方言词语或是句式，以致行文难懂，或是难以理解，便值得注意。他选择的词语，多是人们在日常生活中，常可听闻的；一类是方言词语；一类是古语词或是文言的用法，不过仍存在于方言里的。还有一类受到方言影响的表述方式，也甚值得讨论。且看以下的例子：

例一　　新加坡这地方，头家和少爷同找一个女人，……

（《浮世画》，页49）

例二　　"……教过册无？"

（《到乡村去》，页82）

9　参金进《南洋抗战题材、小人物与方言问题——马华资深作家苗秀的小说特色分析》，见骆明编《新华文学评论集（二）》（新加坡：新加坡文艺协会，2012年），页308-311。

例三　　"……我七点钟要去街没有功夫等哪！"

（《除夕》，页77）

　　例一的"头家"，便是方言词，即老板。例二的"册"则是古语词，今日多用"书"代之；不过，"册"还保留在方言里。深谙方言的人读来，应不会感到突兀。不忘一提的是，"教过册无"，亦为文言的表达，仍保存在方言里。例三的粤语方言说"去街"，我们今日说"上街"。以下将小说中出现的方言词语和短语，整理成表。一些稍嫌粗鄙的方言词语，这里则略过。请看：

（一）词语

	方言词语		解释
（1）	财副[10]	《新加坡小景》，页7	会计师
（2）	一占钱[11] 十扣[12] 五扣钱[13]	《新加坡小景》，页4 《到乡村去》，页84 《贺仪》，页29	"占"方言读音，指一分钱。"扣"，方言读音。这里指十块钱。
（3）	挂沙[14]	《新加坡小景》，页8	这里指通过法律的程序，更改受益人名字
（4）	祖妈[15]	《新加坡小景》，页12	本义是"你的祖母"，不过多作为骂詈语。
（5）	估俚工[16]	《贺仪》，页20	估俚，苦力。估俚工指工钱

---

10 ……就要求哥哥辞掉九八行的财副，……
11 "我身上一占钱也没有……"
12 "……他们现在想改行，少赚几十扣也无所谓。"
13 "嘻嘻，校长！捐太多，我拿不出来，你老人家就替我写五扣钱吧，……"
14 万一丈夫死掉，来不及"挂沙"，招弟就有权继承他的财产，……
15 "赔你老祖妈！死港仔，包袱拿了出去！"
16 "一定是关于这个月的估俚工，不用说出来我也知道。"

	方言词语		解释
（6）	自动[17]	《贺仪》，页21	这里指的是自动自发地做事，无需督促。
（7）	拍拖[18]	《贺仪》，页24	谈恋爱。
（8）	令父[19]	《贺仪》，页27	意思是"你父亲我"，亦是骂詈语。
（9）	吃风厝[20]	《寿面》，页65	有地住宅。"厝"即房子。
（10）	岁寿[21]	《浮世画》，页42	指年纪。
（11）	后生后仔[22]	《梦醒的时候》，页48	指年轻人。有时，也可叫做"后生仔"。见附注27。而"仔"也是方言词，在谢克的小说中，常可见及。
（12）	老君厝[23]	《梦醒的时候》，页55	诊疗所。老君即"医生"。
（13）	马打厝[24]	《到乡村去》，页92	"马打"是马来语的警察，"厝"是屋子，这词语指的是警察局。
（13）	充阔佬[25]	《梦醒的时候》，页54	阔佬，"佬"方言词，指男人，或是稍有年纪的男人。阔佬，即有钱人。
（14）	柑水[26]	《寿面》，页71	闽南话，汽水。

17 ……"还是由大家来决定，自动才好，勉强就没有意思。"

18 "少'拍拖'一次，不就可以了吗？是不是？"

19 "你配管令父？令父情愿拿钱去贴舞女……"

20 "姑母的女婿开了一间规模不小的杂货店，有一座"吃风厝"。

21 "岁寿已经过了半百，……"

22 "后生后仔，会吃，就多吃一点。"

23 "去'老君厝'缝了五针……"

24 "那里可以这样做，同他掠（方言读音，指捉）去'马打厝'了再说。"

25 "我还会看错人吗？哼，这家伙，充阔佬，……"

26 "十四岁啰，拿一瓶柑水来请表舅。"

	方言词语		解释
（15）	朱律[27]	《到乡村去》，页81	朱律，闽南话，即雪茄。
（16）	咖啡乌[28]	《到乡村去》，页83	没加糖，没加炼奶的咖啡。
（17）	乜事[29]	《到乡村去》，页90	粤语，指什么事。
（18）	头先[30]	《到乡村去》，页94	指之前。
（19）	相骂[31]	《梦醒的时候》，页56	这里指闹意见。
（20）	欢喜[32]	《寿面》，页66	这是方言常用的表达，指高兴，有异于现代汉语的喜欢的意思和用法。 原句：……看到我，她欢喜得掉下眼泪……

　　方言词语的使用，在当时一些要求突显本地色彩的作品中，并不乏见。而方言词语的问题，金进分析苗秀作品中的方言词时，曾对多名马华作家谈论方言"字音"的问题，加以申论。简言之，许多方言词有音无形，若要使用，很多时候便得"假借"。可这么一来，可能会造成语言的"隐晦"难懂[33]。这一问题，远在五四时期，便已受到关注。茅盾的看法是："五四"以来白话文所以未能"大众化"，除了"句法"之"太文"或"太欧化"而外，尚有一大原因，即未能尽量采用大众口头上的字眼。[34]不过，茅盾要求白话文大众化，与新华

---

27 ……抽出一根朱律，咬破了一个小洞。

28 "……去叫一杯咖啡乌来请刘校长。"

29 "乜事啊，阿罗嫂？"

30 "刘校长，头先有一个后生仔来找你，戴眼镜的。"

31 "你这么久没有来坐，是同阿雄相骂吧？"

32 ……看到我，她欢喜得掉下眼泪。

33 见同注（9），页309。

34 茅盾提倡方言词，目的是促进白话文的普及。钟桂松曾根据此命题，肯定了茅盾在

文学在表达中夹杂方言词语或是方言表达，在本质上是有所不同的。茅盾是为了推广白话文创作，同时也是为了增强语言的表现力，更是为了应付白话文词语的不敷，这才鼓励作家不妨采用方言词语[35]。而当时马华作家之所以采用方言词语，主要是视之为是一种展现南洋色彩的方法。不过，茅盾也看到方言词的上举问题；也因此，他才会如此语重心长地说道："文学语言并不排斥部分的方言乃至俗语，但这并不等于说，一切方言，俗语都可以改为文学语言。"[36]

　　谢克巧妙地把一些人们熟知的方言词语，运用到人物的对话中，力求人物形象彰显。这些方言词语，一些如"乜"（什么）、"估俚"这类"新造字"，还有如"头家"、"老君"等较为特别的词语，也因在新马十分流行，而变得通俗易懂。有时，我们结合上下文，也或多或少能猜出意思，例如："祖妈"、"令父"，不必多言，也知是骂人的、粗俗的话。方言词语的巧妙运用，确实令文字生色不少。我们不妨读一读以下取自《新加坡小景》的例子，看谢克如何描写为人尖酸刻薄的老板娘和粗鄙的老板。

　　这一段文字所描绘的老板娘，是故事主人公"招弟"的二婶，因怕自己的丈夫万一离世后，一半遗产会落入"招弟"手中，于是对他百般刁难，希望"招弟"这枚眼中钉能自行离去，让她省心。这一天，与"招弟"感情相当好的一名打短工的"阿勇"因雨天路滑，骑脚车送货时不小心打滑，送的货全打破了，回到店里，自然被教训一顿。因和"招弟"一向要好，老板娘一直欲除之后快。且看谢克是如

这方面的贡献。见钟桂松《茅盾小说中江浙方言俗语的运用》，见钟桂松《茅盾散论》（上海：复旦大学出版社，2001年），页54。

35 相关课题，可参拙作《茅盾的修辞观及其语言风格特点论析》，见陈家骏《文学语言论集》（台北：万卷楼图书公司，2018年），页1-27。

36 参见茅盾《关于艺术的技巧在全国青年文学创作者会议上的讲演》，见贾亭、纪恩选编《茅盾散文》第3集（北京：中国广播电视出版社，1995年），页220。

何描写他们间的对话：

> 阿勇的性子可不像招弟那么软，他按捺不住胸中的怒气，大声说：
>
> "又不是我故意的，赔你好啦！"
>
> 女的（注：老板娘）可突出那双金鱼眼：
>
> "赔你老祖妈！死港仔，包袱拿了出去！"
>
> 驸马德（注：招弟的二叔，老板娘的丈夫）当然是站在老婆大人这一边，他把大肚子挺了过去，含着腥味的唾沫溅到了阿勇的脸上：
>
> "洗（注："洗"与闽南话的"死"同音）令老母，去给人干！令父有钱怕找不到人，去给人干！去给人干！"
>
> "有什么大不了？"阿勇不甘示弱，"不做就不做，有什么大不了？新加坡这样大，我有一双手，怕会饿死吗？威风什么？"
>
> 说了抓起驸马德丢在柜台上给他的十四天薪水，进去收拾包袱。
>
> "等一等"驸马德的老婆看阿勇拿着包袱走到门口，把他叫住，似笑非笑地："这样就走吗？哼！你懂不懂商场的规矩？把包袱打开来，给你老祖妈看！"

人物对话里夹杂使用的方言词语，越是俚俗，人物形象益是分明。若是描绘反派人物，其讨人厌的嘴脸自然也更为彰显。易言之，作者对笔下人物的喜恶爱憎，是再清楚不过了！

但对于稍有文化水平的人，说话可以俚俗，但所用词语却有所不同。例如《贺仪》这篇小说中出现的都是教育界人士，似"令祖妈"

这类方言词语，在他们口中就绝不会出现。不忘一提的是，为了显示教育水平的不同，谢克在这篇小说的人物对话中，即便是骂人，也多使用英语词语，例如骂人"basket"（混蛋）等。另一篇小说《浮世画》里的纨绔子弟——乔治阁，出现在他口中的骂詈语便不会是"令祖妈"，除了一些男性常使用的，较为粗俗的脏话之外，谢克还特地为他添加新加坡人的口头禅——"阿拉妈"。兹举一例证明：

例四 "阿拉妈！"乔治阁的眼睛往客厅四周扫了一下，赞美说："……"

（《浮世画》，页37）

"阿拉妈"是马来话，音译词，似中文的"我的天呀！"或许恐怕多用会因此造成读者难以理解。似这类音译词语，谢克使用的次数是十分的少。且看另一例子：

例五 ……才害得我今年的万字票输到叫多隆……

（《除夕》，页77）

一如上举的"阿拉妈"，"多隆"也是另一马来音译词，虽在本地人的口语中，时可听闻，但谢克却用得很少。

以下我们再看一看谢克在小说中所使用的方言短语或是方言用法。

（二）短语／句子

	短语／句子		解释
（1）	吃乌豆饭[37]	《新加坡小景》，页13	指吃牢饭，即坐牢。
（2）	哭父哭母[38]	《浮世画》，页43	指投诉，或是大声吵闹。
（3）	好睡啦[39]	《寿面》，页63	不是指睡眠品质，而是反问，告诉听话者是时候该睡觉了。
（4）	勿惊[40]	《到乡村去》，页91	现代汉语说不用怕，像"勿惊"这样较为古早的用法，仍保留在方言里。这里用方言来读，便不觉得怪异。
（5）	七点十个字[41]	《到乡村去》，页92	一般来说，现代汉语会说七点五十分，但新马方言却常会说七点十个字。若是七点十分，便会说是七点两个字。
（6）	眼睛有没有贴"士绽"？[42]	《新加坡小景》，页13	士绽，即邮票的方言音译。这句话是骂人没把事情看清楚，含有嘲讽的味道。
（7）	读不起班读到起班	《梦醒的时候》，页51	若换成方言读法，便不感到突兀。读不起班，指的可能是成绩不理想，或是其他的客观因素无法升班。说"读到起班"，指的是能升班。

---

37 "……令父叫人来同你捉去吃乌豆饭！"

38 "你再哭父哭母，我就不管三七二十一！"

39 "好睡啦！"母亲说。

40 "顺仔，勿惊，"老马兄拍拍黑炭炭得胸膛，"我替你出头。"

41 "早上邹老师睡到七点十个字还没有起身，……"

42 绳子是你的？你的眼睛有没有贴'士绽'？"

	短语／句子		解释
（8）	我有注意功课啊！	《梦醒的时候》，页49	"有＋动词"，是新马常见的用法。

上举表中列出的"吃乌豆饭"、"哭父哭母"、"好睡啦"、"勿惊"、"七点十个字"等，都是方言用法。这些短语若用中文来读，未必读不懂，可这一来，语义尽失。有一些文言的用法，今日仍存于方言中，若用方言来读，更为传神。兹举二例补充：

例六　　"刘校长，你勿急，你勿急，我是董事长，我比你更关心学生的学业，你放心，尽管放心，无问题，我已经代学校找到两位。"

（《到乡村去》，页83）

例七　　……"蜜斯黄在家吗？"……"你等一阵。"

（《浮世画》，页36）

例八　　"……还在外面养女人，老短命，完全不知死！"

（《浮世画》，页42）

例六的"勿急"和"无问题"；例七的"你等一阵"，前者是潮州话，后者是粤语，若用方言来读，深谙方言的人听来，倍感熟悉。例八的"不知死"，用中文来读，不免稍嫌奇怪，若用闽语来读，便十分清楚。"不知死"指做事不分轻重，意指这是件十分严重的事。

此外，我们也不应忽略小说中一些有异于现代汉语的表达，例如"有＋动词"（"我有注意功课"）的使用，是本地华语常见的用法。汪惠迪在《华文字词句》清楚指出，这样的用法与中国的用法有

异[43]。而陆俭明先生在《新加坡华语语法》更是一语道破，指这是
"新加坡华语"的特点，并进一步说明："在新加坡华语中，存在着
与'没有'相对的两个'有'：一个是动词'有'，后面可以带名词
性宾语，如'有许多人'、'有两个苹果'、'有五块钱'；另一个副
词'有'主要是用在动词性词语前面作状语，如'你有去过吗？'、
'我有去过'。"他进一步阐述后一用法的来源："在新加坡华语里，
这个副词'有'用得比较普遍，它来源于闽、粤方言，表示'肯定事
实的存在或出现'这样的语法意义。"谢克便喜在人物对话中夹杂这
类突显本地色彩的表达。且看以下的例子：

例九　　　"对对对，我有听到，我有听到。"

（《贺仪》，页23）

例十　　　"姑母，"我说，"表姐夫有来过吗？"

（《寿面》，页67）

例十一　　"钟先生，你有教过书吗？"

（《到乡村去》，页97）

一如陆俭明先生所言，这样的用法，是为了增强语气，起强调的
作用。不过，在行文中，谢克却总是在意无意中，减少这样的用法。
这一来，通过语言来表现本地人说话的特色，目的自然彰显。

大体来说，谢克小说突显本地色彩，一如自己所说，他喜欢"新
加坡"，就如喜欢自己的爱人的名字一样。换句话说，他喜欢新加坡

43　汪惠迪《华文字词句》（新加坡：玲子出版社，2002年），页178-179。

这个自小成长的热带小岛，也把在这个小岛上发生的人与事，尽录于自己的小说中。从以上的分析，我们看到了，从方言词、马来词语到方言式短语的运用，他确实为读者描绘出一幅幅新加坡风情画。他笔下人，一言一颦，都是那么的叫人熟悉。

四

吴正吉道："文章的目的是在引发读者的共鸣，写作时直接或间接刺激读者的感觉，是引发共鸣的主要方法之一。"[44]吴正吉所言极是。除了方言词语、短语，或是马来词语的使用，借以突显人物的形象之外，谢克也喜在句中加入许多的定语，举凡地点、色彩、特点等，都交代得巨细靡遗，形象色彩十足。这样的描绘固然精细，即使行文会变得冗长，谢克也不嫌累赘。这或许可视为他写作风格的甄别特点。且看：

> 例十二　在芽笼车头附近一间古庙的三楼的一个狭小的房间
> 里，我见到了日夜渴望着的姑母……
>
> （《寿面》，页66）

> 例十三　……，指着那帧悬挂在粉红色的墙壁上的穿着游泳装
> 的彩色相片，……
>
> （《浮世画》，页38）

---

44 吴正吉《活用修辞》（台南：高雄复文图书出版社，1990年），页1。

例十四　云校长脱下了那副陪伴着他已经有了七八年的历史的老花眼镜，……

（《贺仪》，页19）

例十二便把房间的所在处位置，清楚列明。例十三除了把照片悬挂的地点、墙壁的颜色道明，还连带把照片内容，都一一描写清楚。这一来，自然加深读者的印象。像这样的手法，谢克便常使用。兹举二例，加以补充：

例十二之一　……一个穿着一袭杏黄色的袒胸的旗袍裙的女人，……

（《浮世画》，页32）

例十二之二　在巴西班让一座粉红色的洋楼对面的一棵大树下，……

（《浮世画》，页32）

例十二之二除了表明地点，还刻意突显建筑物的"颜色"。作者作这样描绘的意图十分明显；借用吴正吉的话，是在"刺激"读者的"视觉感官"。

除了表明地点、色彩，另一类便是表明特点。如例十四的"陪伴着他已经有了七八年历史的老花眼镜"，应是很好的说明。以下另举一例说明：

例十四之一　……，植民学校是五百多个村民拿他们用血汗钱和性命创办的唯一华校。

（《到乡村去》，页87）

例十四之二　他父亲渴望了好几年辛辛苦苦才积了三百块钱特
　　　　　　地写信去香港托朋友买来的那套鲁迅全集不见了。

（《除夕》，页73-74）

　　例十四之一是为了突出这所华校得来之不易；例十四之二是强调鲁迅全集的重要性。不过，作如此细致的描写，句子不免变得冗长十分，稍加计算，例十四之一，便有二十三个字，例十四之二统共有四十二字。有时，句子太长，作者便用逗号错开，例如以下这例子：

例十四之三　一群打完篮球，正在厕所洗手的学生，……

（《贺仪》，页28）

　　除了超长定语，谢克在状语的使用，也下了不少功夫。可以这么说，谢克在描写人物对话的时候，人物如何说话，说话时有着怎么样的动作，都细加描绘，力求具体、生动，甚至出现词语的词义变异，也常可见及。且看：

例十五　……添成伯一瞧是招弟……轻声吃吃地说……

（《新加坡小景》，页2）

　　为何要轻声说话？那是因为老板娘十分讨厌招弟，连带对善待招弟的人也一并厌恶。为了不让老板娘逮着骂人的机会，添成伯同招弟说话，自然要压低嗓子，而之所以会"吃吃"，是因为添成伯说话口吃。"吃吃"，便是化动词为形容词的用法，用法虽稍嫌怪异，却在在刻画出添成伯说话的形貌。以下另举一例，补充这类"转类"的用法：

例十六　女的笑笑地接受了他的邀请。

（《浮世画》，页40）

我们今日一般会说："这女的笑着接受……"。这里的"笑笑地接受"，便是把"笑"当作形容词使用。在新加坡，这样的方言表达，并不乏见。

同样是说话，但不同的人在说话时的状貌有别。且看：

例十六　……突出那双金鱼眼，曳声地说：……

（《新加坡小景》，页2）

"曳声"应是扩大了"曳"的用法。一般而言，"摇曳"指摆动，单独使用的"曳"，指的是拖或拉（见《全球华语大词典》），这里正是指老板娘说话时故意拉长说话的音调，一副装腔作势的模样，惹人嫌。

有时，一些一般不必重叠的词语，在作为状语使用的时候，谢克也故意重叠。请看以下的例子：

例十七　文生大大的反对。

（《新加坡小景》，页7）

例十八　教务主任古先生大大的反对。

（《贺仪》，页25）

我们一般会说"十分反对"或是"非常反对"，这里的"大大"的反对，目的是强调笔下人物的态度。

在描写人物的动作方面，谢克落笔谨慎十分。请看：

例十九　那位在办公室收拾东西的校工阿林，看菲立徐和钱莫有走远了，便轻视地在肚子里说了一句：“那里像教书先生？”

（《贺仪》，页29）

“轻声地在肚子里说了一句”，表明说话人因身份所碍，是不适宜在大庭广众公然批评教职人员的。不过，这些教职人员的品行，也实在太不像话了。为人师表，说话、行事，同流氓没什么两样。作者在小说的结尾，故意放上这一段，借校工阿林的口，对故事中的菲立徐和钱莫有加以鞭笞，大快人心。

例二十　“方全，”他一坐下来就拿怀疑的语气问我，……

（《梦醒的时候》，页56）

例二十刻画的是人物说话的语气。有时，作者还刻意突出人物的行为举止。且看：

例二十一　……朋友们差不多个个把眉毛往上一掀，摇着脑袋这么说：“……”

（《梦醒的时候》，页53）

“朋友”说话时的神情状貌及动作，便给描绘得十分清楚。

有时，谢克也会直接把“说”字略去，只留下人物的动作，或是表情，十分特别。请看：

例二十二　……我走到他身边，很有礼貌地：“表姐夫，你好吗？”

（《寿面》，页69）

明显的，例二十二的“说”字略去了。以下多举两个例子作为补充：

例二十三　听了添城伯对的话，突出那双金鱼眼，冷冷地：“……”

（《新加坡小景》，页9）

例二十四　……把他叫住，似笑非笑地：“……”

（《新加坡小景》，页12）

这里的状语加上结构助词“地”，其实应在后面加上动词“说”。不过，虽少了动词，但有了上下文，我们还是可以理解这句话的意思。似这样“省略”的用法，出现频率虽不高，但因用法十分特别，也应注意。

五

除了上述这些，我们还可看到一些超常的搭配，有些可能是时代的印痕，有些也可能是作者特地采用的。兹举例子若干，加以说明：

例二十五　文生的精神上很痛苦，加之找不到职业，……

（《新加坡小景》，页8）

例二十六　可是文德的脑袋给金钱冲昏，把哥哥的话丢在一
　　　　　旁，……

　　　　　　　　　　　　　　　　　　（《新加坡小景》，页7）

例二十七　想呀想的，招弟的思维叫一阵汽车的喇叭声给打断
　　　　　了。

　　　　　　　　　　　　　　　　　　（《新加坡小景》，页16）

例二十八　"先生，"声音比第一次响亮，但毫无生气的成
　　　　　分，……

　　　　　　　　　　　　　　　　　　（《浮世画》，页33）

例二十九　……，还是很卖力地到处找他。
　　　　　　　　　　　　　　　　　　（《梦醒的时候》，页59）

例三十　我和莫一雄的友情，在这一次的谈话中破裂了。
　　　　　　　　　　　　　　　　　　（《梦醒的时候》，页58）

例三十一　姑母今年六十多岁，可是精神蛮好，……不像跟她
　　　　　同等年龄的四姨那样，……

　　　　　　　　　　　　　　　　　　（《寿面》，页64）

例三十二、他的眼球一个劲在房间里活动着。
　　　　　　　　　　　　　　　　　　（《除夕》，页76）

例二十五的"职业"，指的应是"工作"。《全球华语大词典》

指出，"职业"可指"工作"或是"专业的"或是"专门从事的行业"；但今日的职业，却多指后者，词义有所转移。例二十六的"脑袋"给"金钱冲昏"也用得相当特别。例二十七的"思维……打断"，今日多说"思绪……打断"。例二十八的"毫无生气的成分"指的是声音虽响亮，却没带一丝的感情。例二十九的"卖力地到处找"，也是超常搭配，写出了"我"的朋友虽对莫一雄不满，但一听到他出了事，便四处努力寻人。这里说朋友们十分"卖力"地"寻找"，事实也应是如此。例三十的"友情＋破裂"也用得特别。我们今日一般会说友情受损，或是用较为比喻性的说法——"友情变质"，这里说"友情破裂"，目的在说明完好无缺的友情，此时不但有了裂痕，甚至还可能无法修补。例三十一的"同等年龄"，也与今日的用法有异。虽然今日"同等"，与"等同"的词义相近，但在使用时，我们会说两人的年龄相同，却不说同等年龄。这里可能是作者想借这特别的搭配，有意突显二人年龄虽相同，但精神、体态，却是有所差别的。例三十二的"眼球……活动"，便十分具体，也十分生动，不说讨债者在窥探屋子的一切，却说他的"眼球"在"活动"，煞是有趣。

六

除了文字的运用，谢克在标点符号的使用上，也甚别具一格。破折号这一标点符号在谢克手里，又有另一番变化；其作用，已超越了规范的用法，不再仅仅是为了说明[45]。根据小说中出现的破折号，有

---

45 杨远在其编著的《标点符号研究》一书中提及，破折号还可以表描述或是说话的语气。不过，杨远所列的例子，与谢克使用的方法有所不同。且看杨远所举高鹗《老残游记》的例子：人瑞道："不用忙；且等我先讲个道理你听，慢慢地再谈那个案

以下这两种作用：（一）行文或是语气的转折；（二）视觉效果的增强。

（一）行文或是语气的转折

　　谢克常在行文中，突然加上破折号，让表述突地一变，然后再补上一笔。这一来，行文便好像魔术师，首先让观众看到的是一面，突然手掌一翻，却又变出新东西，让人眼花缭乱，甚是突兀。兹举数例说明：

　　　　例三十三　这里——云校长摸摸斑白的头发，微笑地向大家摆摆手。

（《贺仪》，页20）

　　　　例三十四　这里——撑着腰站在门口看热闹的乔治阁，……

（《浮世画》，页44）

　　　　例三十五　梅先生找不出一句适当的话来回答，她的脸红了——好像吃了青辣椒似的。

（《贺仪》，页25）

　　　　例三十六　经过丹戎百葛路时，一辆"的士"风驰电掣地从他前面驶了过去——他吓了一跳，……

（《浮世画》，页31）

　　子。——我且问你，河里的冰明天能开不能开？"而谢克在文中使用破折号时，并不是出现在另一标点符号之后。谢克的用法，可参正文。杨远的文章，可参杨远《标点符号研究》（台北：东大图书公司，2003年），页131-133。

例三十三是写到会议结束后，大家正准备散会，可校长却在这时把大家叫住。于是有同事便半开玩笑地说，是不是谈薪水事宜。我们本以为作者会继续描述吵闹的场面，没想到作者这时却在写了"这里"之后，用了个破折号，镜头一转，竟是云校长娓娓地向大家说出要捐钱给南大建校一事。同样，例三十四描绘了儿子乔治阎年迈的母亲，正为了他父亲亨利阎在外头金屋藏娇在家中大吵大闹；忽然，镜头一转，作者却让我们看到站在门口的乔治阎。我们还以为作者会安排"他"出来劝架，没想到"他"竟是在看到母亲打算砸了"他"托人从暹罗买来的花瓶，这才惊恐地跳出来抢救。这样的画面，既有趣，又讽刺十分。同样，例三十五，本应是在描写了"她"脸红便完结，没想到一个破折号之后，却又着重描写她脸红的程度。作者是刻意突显"梅先生"本不想捐钱资助南洋大学建校，于是谎说没钱，没想到自己刚中彩票的事却在这时给同事拆穿，自是尴尬万分。这种细微的心理变化，正是通过破折号给勾勒出来的。例三十六描写了"的士"在他面前开过，这段描写本应在此作结，但作者却笔势一转，写了男主人公吓了一大跳。也正因这个"吓了一跳"，才会让男主人公心生愤恨，追了上去，最后才发生底下许多事来。以下多举两个例子，补充说明破折号制造的强调效果。请看：

例三十七　一巴掌送过去——拍！

（《新加坡小景》，页5）

例三十八　我刚要走进去探望他，他已经扶着一支扁担，一拐
　　　　　一拐地拐了出来——右脚上扎着一块染有血渍的白
　　　　　纱布。

（《梦醒的时候》，页55）

破折号除了能强化转折，还因其予人的视觉效果，制造不同于一般的效果。

（二）视觉效果的增强

关于视觉效果的增强，我们主要探究的是形貌修辞的特点。何谓形貌修辞学？这里不妨引用曹石珠这一段话说明。他说："形貌修辞学的研究对象，就是利用直接诉诸人的视觉感知的书面材料以增强言语效果的种种修辞现象，主要包括字形修辞、排列修辞图符修辞和标点符号修辞。"[46]易言之，形貌主要强调的是利用符号的形象特点，在读者心中建构立体的形象性，进而引发修辞效果。我们不妨对比以下两个句子，借以看出形貌修辞的特色。且看：

例三十九之一　"……你这种态度不配做老师！你你你——哎！"

（《贺仪》，页28）

例三十九之二　"……你这种态度不配做老师！你你你……哎！"

我们若把例三十九之一，原文中的破折号，换成省略号，当可看出不同。前者在言语中所散发的怒气，我们应可感受得到。若将破折号换成省略号，这句子便好似苟延残喘的病人，说起话来，有气没力

---

46 曹石珠《形貌修辞学》（长沙：湖南师范大学出版社，1996年），页6。曹石珠研究形貌修辞，始于对标点符号修辞功能的探讨，并逐渐延伸到书面语中各种作用于视觉器官的非语言符号，最后构建起一个较为完备的知识网络。有关曹氏理论的评论，可参高万云《曹石珠的形貌修辞研究》，见《湘南学院学报》，第25卷第一期，2004年，页67-70。这里不妨一提的是，根据杨远的研究，他发现用破折号表示语音的延长，或断续，在文学作品中，常看见及。不过，曹氏的研究，却又为我们对修辞的认识，提供另一研究的方向，值得注意。

的。可见破折号的使用，有其"形貌"作用。再看以下的例子：

> 例四十　"……不要同查利他们那些不三不四的人在一起，咳
> ——咳咳咳——咳——咳——……"
>
> （《梦醒的时候》，页54）

> 例四十一　"董事长，你是最清楚的，学校的经费不够，根本
> 就没有办法津贴他们那么多，而且——"
>
> （《到乡村去》，页84）

> 例四十二　"Bye——"
>
> （《浮世画》，页41）

例四十在咳嗽声中加插破折号，目的是为了显示咳嗽声的力度，借以说明病人的病情严重。像这类借用破折号的视觉特点，显示说话时的力度和强度，在小说中常可见及。另补一例证明：

> 例四十之一　"……学校是请那老师来教书的，还是请他来打
> 孩子的，呜——呜——"
>
> （《到乡村去》，页90）

上举例子的哭泣声，不是嘤嘤低泣，而是嚎啕大哭。可见这位母亲，是想用哭声来宣泄心中不满。

例四十一，作者故意在"而且"之后加上破折号，显示说话人不因董事长的反对而气馁，而是想要据理力争。例四十二不写成"Bye……"，而是"Bye——"，目的除了加强"Bye"的声调，还

显示说话人虽隔了老远，声音依旧洪亮，在在显示说话人的心情，在当时是十分愉悦的。为何如此，是为了在心仪的女子面前，展现自己欢愉的一面，以争取好感。

似上举这类利用破折号的视觉效果，体现形貌修辞的例子，在小说中俯拾即是，不再赘言。

余论

谢克小说的语言特色，若加以深究，应不止这些。因篇幅所囿，本文只选取其中较为特出的，予以申论。这里不忘一提的是，谢克十分重视小说的情节铺陈。他在《新加坡华文文艺》一书中，便不时对当时新晋作家在故事情节铺陈上的优劣之处，详加剖析[47]。我们批阅他在《新加坡小景》这本书里收集的的几则故事，可以看到他对情节铺陈的刻意求工。例如《浮世画》这则短篇故事，纨绔子弟看到一名美丽的女子，便猛追不舍。故事曾多次埋下伏笔，告诉读者这两人有所渊源。例如该名女子告诉主人公乔治阁只可白天来找她，只可成为她家"白天"常客。一日，乔治阁忍不住问为何晚上不能来，该女子便说，晚上不方便。这时，乔治阁即生气地说，他倒想看看是怎么样的"混蛋"霸占她晚上的时间。该名女子戏谑地答说："是你的爸爸！"。无巧不成书，故事的结尾，乔治阁不听劝告，七早八早便来找该名女子。待大门一开，赫然见到自己的父亲站在门后，他一时惊呆了。故事的结尾，谢克如此安排：

      "'爸爸！'

---

47 相关的分析，可参谢克《新加坡华文文艺》一书。

乔治阁叫了一声，白皙的脸变了色，嘴巴张得像一只小碗，嘴唇在跳舞，眼睛鼓得圆圆，手一直垂，那包苹果呀橘子的就散落在地上。"

这样的安排，除了制造惊奇感，还提炼出故事的主题，带出有钱人家纸醉金迷，荒唐淫乱的生活。刘海涛谓在结尾做如此的手法，为"反转"[48]。而这样的写作技巧，在微型小说中尤为重要。故事虽短，却具有在"纷纭复杂的现实生活的概括力和对生活本质的穿透力"[49]。简言之，小说虽短，却能反映现实生活的某个面貌，或是鞭笞、或是赞颂，皆能令人慨叹，甚至让人反思。虽说新加坡的微型小说，要到七十年代末期，才开始兴盛[50]，但收录在《新加坡小景》这本小说集里的小说，有些便隐然有微型小说的创作特色，虽然有些更像一部长篇小说的其中一个片段，但这些已具备微型小说雏形的作品，其实也应值得注意。

本文有幸得到杨善才先生借出许多宝贵的资料，才得以完成。在此不忘向杨先生致谢！

——本文发表于《南洋学报》第七十四卷，二〇二〇年

---

48 见刘海涛《微型小说学研究：规律与技法：转型期的微型小说》（北京：中国社会科学出版社，2002年），页194-195。

49 这段话引自刘海涛对小说内容的评价。见同上，页98。

50 黄孟文《新加坡的微型小说（1986-1991）》，见同注（2），页43。

文学研究丛书 0800008

马华作家文学语言研究

作　者　陈家骏

责任编辑　苏　靓

特约校稿　林秋芬

发 行 人　林庆彰

总 经 理　梁锦兴

总 编 辑　张晏瑞

编 辑 所　万卷楼图书股份有限公司

　　台北市罗斯福路二段 41 号 6 楼之 3

　　电话 (02)23216565

　　传真 (02)23218698

发　　行　万卷楼图书股份有限公司

　　台北市罗斯福路二段 41 号 6 楼之 3

　　电话 (02)23216565

　　传真 (02)23218698

　　电邮 SERVICE@WANJUAN.COM.TW

香港经销　香港联合书刊物流有限公司

　　电话 (852)21502100

　　传真 (852)23560735

ISBN 978-986-478-487-5

2021 年 10 月初版

定价：新台币 300 元

如何购买本书：

1. 划拨购书，请透过以下邮政划拨账号：

　账号：15624015

　户名：万卷楼图书股份有限公司

2. 转账购书，请透过以下账户

　合作金库银行 古亭分行

　户名：万卷楼图书股份有限公司

　账号：0877717092596

3. 网络购书，请透过万卷楼网站

　网址 WWW.WANJUAN.COM.TW

大量购书，请直接联系我们，将有专人为您
服务。客服：(02)23216565 分机 610

如有缺页、破损或装订错误，请寄回更换

國家圖書館出版品預行編目資料

马华作家文学语言研究 / 陈家骏作.-- 初版.
-- 台北市：万卷楼图书股份有限公司,
2021.10
　面；　公分.-- (文学研究丛书；0800008)
正体题名:馬華作家文學語言研究
ISBN 978-986-478-487-5(平裝)
1.海外华文文学 2.修辞学 3.文学评论 4.文集

850.92　　110011084